AF544201

HANS-DIETRICH NEHRING

Ein Fall für
DIE GUTEN

Mit Bildern von Stefanie Klaßen

Über den Autor:
Hans-Dietrich Nehring ist Pfarrer in Bayreuth, verheiratet und Vater von drei Kindern. Schon als kleiner Junge erfand er Geschichten, die sein Großvater für ihn aufschreiben musste. Heute liegen ihm die Kinder seiner Gemeinde besonders am Herzen. Für sie denkt er sich Geschichten aus.

Bibliografische Information der Deutschen Nationalbibliothek
Die Deutsche Nationalbibliothek verzeichnet diese Publikation in der Deutschen Nationalbibliografie; detaillierte bibliografische Daten sind im Internet über http://dnb.dnb.de abrufbar.

ISBN 978-3-96362-177-2

35037 Marburg an der Lahn
Cover und Innenillustrationen: Stefanie Klaßen
Umschlaggestaltung: Verlag der Francke-Buchhandlung GmbH
Satz: Verlag der Francke-Buchhandlung GmbH
Printed in Czech Republic

www.francke-buch.de

INHALT

Singende Verbrecher 5
Zum Glück bin ich nicht so wie die anderen! ... 15
Eine unheimliche Begegnung 23
Ein Kassiber 34
Jede Bande braucht Regeln 44
Im Gefängnis 53
Apfelkuchen mit Sahne 61
Unter der Erde 68
Gefangen im Geheimgang 77
In der Gefängnisgärtnerei 87
Sahnebonbons 98
Echt jetzt? 106
Eine schnelle Flucht 115
Ava 125
Das Wiedersehen 135
Die Beute 143
Verstecken im Dunkeln 150

Sina singt 158
Heiße Schokolade, Apfelkuchen und Sahnebonbons 166
Rezept für die Sahnebonbons 172
Rezept für den Apfelkuchen 175

SINGENDE VERBRECHER

Emma schaut aus dem Fenster auf den Kirchplatz. Auf einer kleinen Mauer entdeckt sie Linus mit seinem blonden Wuschelkopf. Sein Skateboard lehnt neben ihm. An seiner anderen Seite sitzt seine kleine Schwester Sina in ihrem rosa Kleid. Auf dem Rücken hat sie einen kleinen rosa Rucksack. Sie geht in die erste Klasse. Linus geht in die vierte Klasse. Sie warten auf den Kindergottesdienst. Die Sonne scheint, über der bunten Blumenwiese vor der Kirche surren Bienen und Schmetterlinge flattern umher. Die Kirchturmuhr läutet: Viertel vor zehn. Vereinzelt gehen Gottesdienstbesucher an Linus und Sina vorbei, unterhalten sich und verschwinden in der Kirche. Alles ist friedlich.

»Gleich kommt der Bus!« In Emmas Bauch kribbelt es. Ihr Blick wandert die Straße entlang, die zwischen den Häusern zur Kirche heraufführt. Emma quetscht ihre Nase an die Scheibe. Sie kann ihn nicht entdecken. Ob der Bus Gitterstäbe vor den Fenstern hat? Sie springt auf und rennt die Treppe hinunter. Sie will nichts verpassen.

Linus und seine kleine Schwester sitzen immer noch auf der Mauer und warten.

»Du weißt, was Mama und Papa gesagt haben! Du darfst mich nicht allein lassen!«, quengelt Sina. Sie ist unruhig. Schon so oft ist Linus zu Abenteuern losgezogen und hat sie allein zurückgelassen. Sina hasst es, von ihrem Bruder im Stich gelassen zu werden, und sie hasst Abenteuer.

»Ich bin doch da! Außerdem: Siehst du hier irgendeinen Verbrecher, Mörder oder Dieb, der dir etwas antun könnte?«

Sina antwortet nicht, sondern streckt ihm die Zunge raus. Sie steht auf und fängt an, auf der Mauer hin und her zu balancieren.

»Oder hast du Angst vor Hannes?« Linus deutet auf Hannes. Er läuft gerade die Treppe zum Vorplatz runter. Hannes ist sein bester Freund. Mit seinen schwarzen Haaren und seiner Brille sieht er wie ein Professor aus. Sina mag Hannes nicht so richtig, weil er immer so klug daherredet.

Linus und er begrüßen sich.

»Meine Schwester hat mal wieder Angst!« Linus verdreht die Augen.

»Wir gehen in den Kindergottesdienst. Was soll da schon passieren?«, sagt Hannes. Er grinst und deutet auf die Blumenwiese, über der die Schmetterlinge fliegen.

Sina zieht ein Gesicht, setzt sich wieder neben Linus und schaut zur Straße. Da kommt ein schwarzer Bus mit schmalen, kleinen Fenstern. Er biegt auf den Parkplatz ein, der zur Kirche gehört. Die Bremsen quietschen.

»Guckt mal da, ein Bus!«, flüstert sie aufgeregt. »Da steht etwas drauf!«

Linus dreht sich zum Parkplatz. »Justiz...voll... zugs...anstalt«, liest er langsam. Was soll das bedeuten? Justizvollzugsanstalt?

»Der Bus kommt aus dem Gefängnis!«, ruft Emma von Weitem. Als sie angekommen ist, stößt sie zwischen zwei Atemzügen hervor: »Die Fenster sind so klein, damit kein Gefangener ausbricht.«

»Da sind Gefangene drin?« Sina reißt erschrocken die Augen auf.

»Ja, das ist der Gefangenenchor. Er singt bei uns in der Kirche!«, sagt Emma stolz.

»Das ist ja cool!« Linus ist begeistert. Endlich passiert mal etwas.

Hannes denkt nach: Ob die Verbrecher wohl gestreifte Kleidung anhaben? Er hat so etwas schon einmal in einem Comic gesehen, da hatten die Ganoven eine Art Schlafanzug mit grauen und weißen Streifen an. Er kann sich das nicht so richtig vorstellen. Ob sie so in der Kirche singen? Das wäre komisch.

Der Bus zischt und hält an.

Sina tippelt mit ihren Füßen hin und her. »Heißt das, da kommen gleich Bankräuber, Mörder und Betrüger raus?«

»Genau, und dann singen sie uns ein Ständchen!«, freut sich ihr Bruder.

»Ja, das war Papas Idee!« Emmas Augen leuchten. Ihr Papa ist der Pfarrer und hat alles organisiert.

Linus springt von der Mauer auf und beobachtet den Bus genau. Jetzt öffnet sich die Tür. Ein Mann mit einem schwarzen Anzug und einem weißen

Hemd steigt aus. Weitere Männer mit schwarzen Anzügen und weißen Hemden folgen.

»Ist die Polizei auch dabei?«, will Linus wissen.

»Weiß nicht. Vielleicht ein Aufseher aus dem Gefängnis, der eine Pistole hat!«, überlegt Emma. »Irgendjemand muss ja aufpassen, dass niemand flieht.«

Die Männer setzen sich in Bewegung und kommen näher. Sina hält sich an Linus fest. Jetzt wird auch ihm etwas mulmig. Die Männer haben alle ein Notenheft in der Hand. Es ist tatsächlich ein Chor.

Einer der Männer, er ist größer als die anderen, dreht den Kopf und mustert die Kinder. Er entdeckt Sina und schaut sie lange an. Einen kurzen Augenblick lang treffen sich ihre Blicke. Sina stockt der Atem. »Was will der von mir?«, denkt sie. Vielleicht will er sie als Geisel nehmen? Sie versteckt sich hinter Linus' Rücken. In Sinas Fantasie hat der Mann sie schon gepackt und entführt. Die Polizisten rennen hinterher und schießen mit der Pistole. »Ich will nach Hause!«, flüstert sie.

»Dann geh doch heim! Ich bleib hier.« Linus schüttelt Sina ab.

Die Gefangenen sind zur Kirche weitergegangen.

»Du musst mit! Mama und Papa haben gesagt, dass du auf mich aufpassen musst!«

»Mach ich aber nicht! Verpetz mich doch!«

»Wollt ihr nicht in die Kirche gehen? Der Gottesdienst fängt gleich an!« Frau Holzer ist neben den Kindern stehen geblieben. Sie ist lang und dürr und hat weiße Haare. Niemand weiß, wie alt sie ist. Sie war schon immer da. Sie weiß immer, was falsch und was richtig ist.

»Mein Papa hat den Gefangenenchor eingeladen. Er singt heute im Gottesdienst. Jetzt hat Sina Angst, in die Kirche zu gehen!«, erklärt Emma.

»*Wen* hat dein Vater eingeladen? Den Gefangenenchor?« Frau Holzer ist entsetzt. »Das ist viel zu gefährlich!«

»Es ist bestimmt ein Wachmann mit einer Pistole dabei!«, entgegnet Emma.

»Vielleicht sogar mit einem Maschinengewehr! Sie brauchen sich keine Sorgen zu machen«, tröstet Linus die alte Dame.

»Ich will keine Pistole in der Kirche haben und ein Maschinengewehr schon gleich gar nicht!« Die Stimme von Frau Holzer wird merkwürdig dünn. »Das sind alles rechtmäßig verurteilte Verbrecher! Die gehören ins Gefängnis und nicht in die Kirche!«, schimpft sie los.

»Mein Papa sagt, das sind nicht nur Verbrecher«, sagt Emma. »Sie haben alle etwas Schlimmes getan, das stimmt. Sie sind aber auch Menschen, sie haben Frauen und Kinder. Sie haben vielleicht auch schon Gutes getan. Niemand ist immer nur böse!«

»Das kann schon sein. Trotzdem haben sie nichts bei uns zu suchen!«

Sina hat den Eindruck, als würden die Augen der Frau langsam hervortreten.

»Wissen Sie eigentlich, dass die Gefangenen nie rauskommen? Sie haben ganz selten Besuch. Viele Familien reden nicht mehr mit ihnen. Jeden Tag bekommen sie nur Gefängniskost zu essen. Wenn sie bei uns singen, sehen sie mal etwas anderes. Und mein Papa hat für später extra etwas Leckeres für sie besorgt«, sprudelt es aus Emma heraus.

Sina schaut sie bewundernd an. Sie würde gern so mutig sein wie Emma.

»Das sind Verbrecher! Man stelle sich das mal vor: Letzte Woche ist einer bei mir eingebrochen und heute singt er für mich in der Kirche!«

Die Kinder bekommen einen Schreck.

»Bei Ihnen ist eingebrochen worden?«, fragt Hannes.

»Nein! Aber könnte doch sein. Ich will damit sagen, die haben bei uns nichts verloren.« Die Frau schaut Emma an: »Das ist hier eine Kirche und kein Gefängnis!«

Emma weiß keine Antwort, aber zum Glück kommt Hannes ihr zu Hilfe: »Jesus ist auch zu den Verbrechern gegangen und hat keine Angst gehabt!«

»Dann soll doch der Pfarrer Friedrich ins Gefängnis gehen und sie nicht hierher einladen. Dafür bekommt er sein Geld! Hoffentlich passiert nichts Schlimmes. Ich finde das unmöglich. Ich geh wieder heim!« Mit diesen Worten dreht sich Frau Holzer um und geht weg.

»Ich habe auch Angst!«, meldet sich Sina kleinlaut zu Wort. Sie spürt, wie die Angst in ihr hochkrabbelt.

»Ich pass auf dich auf. Keine Sorge!«, sagt Emma. »Wir Mädchen müssen doch zusammenhalten! Los, wir finden raus, was das für Leute sind!«

Sina zögert. Sie will gern zu Emma halten, aber Angst hat sie trotzdem.

»Lasst uns reingehen und schauen, was passiert!«, schlägt Linus vor.

Linus und Hannes klatschen sich mit den Händen ab. Hannes hält auch Sina seine Handfläche hin. Sina klatscht zaghaft ein.

ZUM GLÜCK BIN ICH NICHT SO WIE DIE ANDEREN!

In der Kirche müssen sich die Augen der Kinder an das Dämmerlicht gewöhnen. Die Männer in den schwarzen Anzügen und den weißen Hemden haben sich vorne aufgestellt. Der Chorleiter gibt Anweisungen. Emma führt ihre Freunde direkt zur ersten Reihe. Da sitzen die Kindergottesdienstkinder immer. Auch Sina setzt sich. Sie sieht zum Chor und erschrickt. Schon wieder schaut der Gefangene von vorhin sie an. Sinas Herz klopft. Plötzlich fangen alle an zu singen. Tief und mächtig erklingen die Männerstimmen. Die ganze Kirche füllt sich mit ihrem Gesang. Der Chorleiter winkt mitten im Lied ab und nickt zufrieden.

»Verbrecher, die singen! Das ist cool!« Linus ist begeistert.

»Vielleicht ist auch ein Mörder dabei?«, überlegt Hannes.

Sie betrachten die Sänger. Niemand von ihnen sieht wie ein Bankräuber oder Mörder aus. Nur die Augen fallen auf. Fast alle haben traurige Augen. So viele traurige Augen haben sie noch nie gesehen.

Da entdecken sie den Wachmann. Er sitzt in der ersten Reihe und passt auf. Seine Jackentasche beult sich merkwürdig nach außen.

»Schau mal!« Hannes deutet auf den Wachmann. »Siehst du seine Jackentasche? Da ist bestimmt die Pistole drin!«

Die Kirche füllt sich langsam. Immer mehr Kinder kommen nach vorne und setzen sich zu ihnen. Alle staunen über den Gefangenenchor.

Die Glocken läuten. Der Gottesdienst beginnt.

Kurz darauf werden die Kinder in den Kindergottesdienst eingeladen, den Frau Friedrich, Emmas Mutter, leitet.

»Heute hören wir die Geschichte vom Pharisäer und Zöllner, die Jesus einmal erzählt hat!«, sagt sie.

In einem langen Zug verlassen die Kinder die Kirche und gehen ins Gemeindehaus.

Emma rempelt Linus mit dem Ellbogen an. »Später gibt es noch Kaffee und leckere Brötchen für die Gefangenen. Da versuchen wir mit einem der Verbrecher zu reden«, flüstert sie ihm zu.

Sina hält sich an der Hand von Emmas Mutter fest. Sie will ganz bestimmt nicht mit einem Verbrecher reden.

Der Kindergottesdienst macht richtig Spaß. Es wird gesungen, gebetet, gespielt und ganz viel gelacht. Dabei vergessen sie ganz den Gefangenenchor. Selbst Sina macht aufmerksam mit. Jetzt kommt die Geschichte. Das ist immer der Höhepunkt. Emmas Mama erzählt sie und Emma soll dazu spielen. Das haben sie zusammen zu Hause vorbereitet.

»Die Pharisäer sind angesehene Leute«, fängt Emmas Mutter an zu erzählen. »Sie versuchen alles richtig zu machen. Sie geben viel Geld für arme Menschen. Sie sind stolz darauf. Sie halten sich ganz fest an die Gebote Gottes. So ein Pharisäer steigt nun die Tempelstufen hinauf, um im Tempel zu beten.«

Emma steigt als Pharisäer unsichtbare Stufen hinauf, mit stolzem Blick und aufrechtem Gang.

Ihre Mama erzählt weiter: »Jetzt ist er oben angekommen und schaut sich um. Da sieht er einen Zöllner die Treppe raufsteigen. Das ist ein Mann, der am Stadttor von jedem, der etwas in der Stadt verkaufen will, Geld verlangt. Seine Stirn legt sich in Falten. Was will der denn hier? Ist das nicht ein Betrüger? Wie kann er es wagen, vor Gott zu treten? Einer wie der hält sich nicht an die Gebote Gottes. Er denkt nur immer an sich und wie er den Menschen ihr Geld wegnehmen kann! Der Pharisäer betet: Lieber Gott, ich danke dir dafür, dass ich nicht so bin wie der Zöllner. Emma, kannst du das auch spielen?«

Emma reckt stolz ihr Kinn nach oben, lässt hochnäsig ihren Blick herumwandern und sagt: »Schaut euch einmal diesen Zöllner an. Also ich bin froh, dass ich nicht so bin wie der! Danke Gott, dass du mich so toll gemacht hast und nicht so wie den da!«

Alle lachen. Emma kann richtig gut schauspielern.

»Wer möchte das auch mal spielen?«, fragt Emmas Mutter.

Fast alle wollen. Schauspielern macht Spaß.

Schließlich ist Hannes an der Reihe. »Darf ich auch etwas anderes sagen?«, fragt er. »So mit anderen Personen?«

»Gern«, sagt Emmas Mutter und beobachtet ihn gespannt.

»Lieber Gott, ich danke dir dafür, dass ich so viele Haare habe und keine Glatze wie Pfarrer Friedrich.« Alle lachen. Das ist richtig frech.

»Jetzt bin ich dran«, ruft Linus. »Ich bin froh, dass ich immer mutig bin und nicht dauernd Angst habe wie die Mädchen!« Eigentlich wollte er »wie Sina« sagen, aber das hat er sich dann doch nicht getraut.

Emma ist sauer. Sie stellt sich noch einmal hin, schaut Linus an und sagt laut: »Und ich bin froh, dass ich klug bin und nicht so dumm wie gewisse Jungs.«

Linus streckt ihr die Zunge raus. Aber als sie sich wieder neben ihn setzt, flüstert er ihr zu: »Entschuldigung, war nicht so gemeint.«

Schließlich fragt Emmas Mama: »Sina, willst du nicht auch etwas sagen?«

Sina hat die ganze Zeit nur zugehört. Jetzt schauen alle zu ihr hin. Langsam steht sie auf. Sie stellt sich in die Mitte, dorthin, wo auch Emma den Pharisäer gespielt hat. Sie weiß nicht, was sie sagen soll. Sie muss an die Gefangenen denken.

»Du musst nichts sagen, wenn du nicht willst«, lenkt Emmas Mama ein.

Aber Sina weiß jetzt, was sie sagen will: »Lieber Gott, ich danke dir, dass ich noch nie etwas Böses gemacht habe und deshalb im Gefängnis sitzen muss wie die Verbrecher, die heute bei uns in der Kirche singen.«

»Prima«, sagt Emmas Mutter. »Jetzt spielt Emma, wie der Zöllner die Treppe zum Tempel hochgeht.«

Emma macht es den Kindern vor. Sie lässt ihre Schultern hängen, setzt einen schuldbewussten Blick auf und senkt den Kopf. Dazu erzählt ihre Mama: »Der Zöllner hat ein schlechtes Gewissen. Er denkt an die vielen Leute, denen er zu viel Geld abgenommen hat, um es selbst einzustecken. Eigentlich ist er ein Verbrecher. Er traut sich gar nicht, nach oben zu schauen. Als er an den Stufen des Tempels angekommen ist, betet er: »Gott, ich habe viel falsch gemacht. Ich weiß, dass ich nicht besser bin als andere Menschen. Vergib mir, ich will nicht mehr so sein. Ich will alles wiedergutmachen.«

Emma hat die Hände gefaltet und so innig gebetet, dass die Kinder ganz betroffen sind.

Jetzt setzt sie sich wieder hin. Es ist ganz still.

»Was meint ihr«, fragt Emmas Mutter, »welches Gebet gefällt Gott besser?«

Alle haben ein schlechtes Gewissen. Jeder spürt: Der Zöllner hat es richtig gemacht und der Pharisäer falsch. Niemand soll denken, dass er besser ist als jemand anderes.

Sina schämt sich, weil sie vorhin so froh war, kein Verbrecher zu sein, und das auch noch laut gesagt hat. Alle haben es gehört.

EINE UNHEIMLICHE BEGEGNUNG

Als der Kindergottesdienst zu Ende ist, laufen Emma, Hannes und Linus so schnell sie können zurück zur Kirche. Sina bleibt lieber im Gemeindehaus und räumt mit auf.

Auf dem Platz vor der Kirche sind Stehtische aufgebaut. Es gibt Kaffee, Limo und belegte Brötchen und Kuchen. Die Gefangenen stehen schon da, mit Tassen in der Hand. Die drei Kinder schnappen sich jeweils eine Limo und setzen sich auf ihren Platz auf der Mauer.

Linus schaut sich einen Gefangenen nach dem andern an. »Ob das wirklich alles Verbrecher sind? Vielleicht ist ja einer von denen ein Bankräuber!«, denkt er.

»Ich glaub, der da ist ein Mörder!« Heimlich zeigt Hannes auf einen Mann mit Glatze und

Zahnlücke. Direkt neben ihm steht der Beamte aus der Kirche und überwacht alles.

»Der da hat vielleicht einen Überfall gemacht.« Linus richtet den Finger auf einen dicken Mann, der sich gerade ein Brötchen holt.

»Ob das ein Erpresser ist?«, fragt Hannes und deutet mit dem Kinn auf einen mit dunklen Bartstoppeln.

»Hört auf damit!« Emma funkelt die beiden an. »So redet man nicht über Menschen, denkt an den Pharisäer und den Zöllner.«

Einen Augenblick sind die zwei still. Linus und Hannes haben zum zweiten Mal für heute ein schlechtes Gewissen.

»Schaut mal, da ist der Mann, der vorhin zu Sina geguckt hat«, sagt Emma. »Den spreche ich jetzt an.«

Linus hält sie fest: »Du darfst mit denen nicht reden, du bist ein Kind!«

»Darf ich doch«, sagt sie. Sie beschließt aber, lieber erst den Aufpasser mit der Pistole zu fragen, und läuft zu ihm hin. »Dürfen wir einen der Gefangenen fragen, warum er im Gefängnis ist?«

Der Beamte schmunzelt. »Wen wollt ihr denn fragen?«

»Den da!« Emma deutet auf den Mann.

Plötzlich steht Linus neben ihr. »Der hat vorhin so komisch geguckt. Vielleicht sagt er uns, warum?« Linus sieht den Beamten an.

»Okay, den könnt ihr fragen! Wartet, ich komme mit!«

Jetzt kommt auch Hannes dazu. Gemeinsam gehen sie zu dem Gefangenen.

»Hallo, ich bin Emma! Und wie heißen Sie?«

»Ich bin Freddy«, antwortete er. Er hat einen leichten Singsang in der Stimme.

»Warum haben Sie vorhin so lange zu uns geschaut?«, fragt Linus frech.

»Hab ich das?« Freddys Blick huscht zu dem Beamten.

»Ja, das haben Sie!«, sagt Linus.

»Wo ist denn eure kleine Freundin in dem rosa Kleid?«

»Die räumt noch auf. Sie kommt gleich«, antwortet Emma.

»Warum will er wissen, wo Sina ist?«, denkt

Emma unruhig. Will er sie etwa entführen? Emma fühlt sich verantwortlich. Schließlich hat ihr Vater alles eingefädelt.

Jetzt nimmt Hannes seinen ganzen Mut zusammen und fragt: »Warum bist du im Gefängnis?«

Freddy schaut die drei lange an und sagt: »Ich habe eine Bank geknackt!«

Hannes zieht die Luft ein. Er steht vor einem Bankräuber!

»Hast du das Geld noch?« Jetzt ist Linus in seinem Element.

Der Vollzugsbeamte steht daneben und grinst. »Das wüsste die Polizei auch gerne!«

Freddy schüttelt den Kopf. »Ich habe das Geld nicht mehr! Das könnt ihr mir glauben. Mein Kumpel hat es!«

Auf einmal hört man Pfarrer Friedrichs Stimme. Er steht am Eingang der Kirche neben dem Chorleiter des Gefangenenchores. »Wir gehen noch einmal alle rein. Der Chor singt uns noch ein Lied und dann müssen unsere Gäste zurück nach Hause!«, ruft er so laut, dass alle es hören.

Emma verdreht die Augen über ihren Vater. »Die

gehen nicht nach Hause, sondern ins Gefängnis.«

Alle strömen in die Kirche. Auch die drei Kinder gehen mit.

»Wo ist eigentlich Sina?«, flüstert Linus.

»Immer noch bei meiner Mama im Gemeindehaus«, beruhigt Emma ihn.

Aber Sina ist schon lange nicht mehr im Gemeindehaus. Vorsichtig ist sie an allen vorbeigeschlichen. Sie sitzt ganz hinten, kurz vor der Straße, auf der Mauer, die die Blumenwiese begrenzt. Dort ist sie weit genug weg und kann alles beobachten. Gerade hat Pfarrer Friedrich etwas gesagt und daraufhin sind alle in die Kirche zurückgegangen. Sina bleibt sitzen. Sie denkt über die Gefangenen nach. »Wenn ich groß bin, möchte ich solchen Menschen helfen«, denkt sie. Sie will nicht noch mal so etwas sagen wie im Kindergottesdienst.

Der Platz vor der Kirche leert sich.

Sina schaut auf die Blumenwiese vor ihr. Überall surrt es. Es gibt Hunderte von Bienen. Ein gelber Schmetterling fliegt hin und her. Plötzlich spürt sie eine Hand auf ihrer Schulter. Sina zuckt zusammen. Erschrocken dreht sie sich um. Es ist der Gefangene, der sie vorhin so lange angeschaut hat.

»Wie heißt du?«, fragt der Mann.

Sina starrt ihn an. Einen kurzen Moment hat sie das Gefühl, dass alles stehen bleibt. Der gelbe Schmetterling bleibt vor ihr in der Luft hängen. Die Bienen fliegen nicht weiter. Alles ist erstarrt.

»Wie heißt du?«, fragt der Mann noch einmal.

»Ich heiße Sina«, stottert sie. »Und du?«

»Ich bin der Freddy. Darf ich mich zu dir setzen?«

Warum spricht er mit so einer merkwürdig weichen Stimme?

Sina schaut sich um. Hilft ihr denn niemand? Der Platz ist wie leer gefegt. Alle sind in der Kirche. Etwas weiter weg steht noch der Bus. Ob der Busfahrer sie sehen kann?

Freddy wartet ihre Antwort gar nicht ab und setzt sich hin.

Sie nimmt all ihren Mut zusammen und flüstert: »Warum bist du im Gefängnis?« Ihre Stimme ist heiser vor Aufregung.

»Sprich nicht so leise, kleines Mädchen. Ich verstehe dich nicht!«

Sina räuspert sich. »Warum bist du im Gefängnis?«, wiederholt sie etwas lauter.

»Ich habe eine Bank überfallen.«

Sina reißt die Augen auf. Sie sitzt allein neben einem Bankräuber. Ist das ein Albtraum? Was passiert als Nächstes? Wo ist der Beamte aus dem Gefängnis?

»Ich wäre gerne auch so frei wie so ein Schmetterling. Aber ich bin eingesperrt.« Freddys Stimme klingt jetzt ganz traurig und gar nicht mehr unheimlich. In Sina regt sich Mitleid.

»Zu Hause habe ich auch eine kleine Tochter. Sie sieht so aus wie du!«

Überrascht schaut Sina ihn an.

»Echt?« Sie kann sich gar nicht vorstellen, dass Verbrecher auch Kinder haben.

»Ja«, Freddy nickt. »Ich habe sie seit zwei Jahren nicht mehr gesehen.«

»Warum?«

»Ich bin doch im Gefängnis!«

»Stimmt!« Darauf hätte Sina kommen können.

Da hat sie eine Idee: »Kann sie dich denn nicht besuchen?«

»Ihre Mama verbietet es ihr! Die hat mit mir geschimpft und gesagt: Deine Tochter siehst du nie mehr!«

»Das ist gemein!«

»Meine kleine Tochter weiß gar nicht, dass ich im Gefängnis bin. Sie soll das nicht wissen. Ihre Mama hat ihr erzählt, dass ich Matrose auf einer Kreuzfahrt bin.«

Sina wundert sich. Eine Kreuzfahrt dauert doch nicht zwei Jahre! Plötzlich schaut ihr Freddy in die Augen: »Kannst du sie für mich suchen?«

Sina nickt.

Für einen kurzen Moment lächelt Freddy. Dann wird er wieder traurig und schaut auf einen Schmetterling, der gerade vor ihm fliegt. »Mein Papa hat mich nicht lieb gehabt. Als ich fünf Jahre alt war, ist er auf eine Seefahrt gegangen und nicht mehr zurückgekommen.«

Sina schweigt betroffen und denkt an ihren Papa. Der ist immer da, wenn sie ihn braucht. Dann gibt sie sich einen Ruck. »Wie soll ich das machen? Ich weiß doch gar nicht, wo sie wohnt!«

»Ich habe ihr einen Brief geschrieben.« Freddy greift in die Jackentasche seines schwarzen Jacketts und holt einen Briefumschlag heraus. »Steck ihn schnell ein! Lies ihn durch, dann weißt du Bescheid!«

Sina sieht den Umschlag unschlüssig an. Sie nimmt ihren rosa Rucksack vom Rücken und steckt ihn hinein.

»Sie hört vielleicht auf dich. Du bist auch ein Mädchen«, brummt Freddy leise.

Da werden die beiden gestört: »Schluss hier, komm sofort her!«, ertönt eine Stimme. Sie gehört dem Vollzugsbeamten mit der Pistole. Er ist aus der Kirche gekommen und läuft mit raschen Schritten auf Freddy und Sina zu. »Du sollst doch in der Kirche singen und nicht hier draußen Gespräche führen, noch dazu mit einem Kind, was fällt dir bloß ein!«, schimpft er laut. »Jetzt gehst du gleich in den Bus und wartest dort auf die anderen!«

Schnell steht Freddy auf und geht zum Bus. Auf

halbem Wege dreht er sich um und ruft Sina zu: »Vergiss mich nicht!«

Das wird Sina bestimmt nicht. Sie wird es ihr ganzes Leben nicht vergessen. Sie hat allein auf der Kirchenmauer gesessen und mit einem echten Verbrecher geredet.

EIN KASSIBER

Sina spürt den Rucksack auf ihrem Rücken. In dem Rucksack ist der Brief. Soll sie ihn herausholen und lesen? Was da wohl drinsteht? Ob sie ihn lesen kann? Sie hat doch gerade erst alle Buchstaben gelernt. Sie schaut zur Kirchentür. Hoffentlich kommen die anderen bald raus. Sina steht auf und geht los. Ihr Weg führt sie am Bus vorbei. Ganz kurz wagt sie einen Blick ins Fenster. Freddy hat sein Gesicht in seinen Händen verborgen. Der Vollzugsbeamte lächelt ihr zu, aber sie heftet die Augen auf den Boden und geht rasch zur Kirche. Endlich ist Sina bei der schweren Eingangstür angekommen. Ihre Hand geht zum Türgriff. Da öffnet sich die Tür von selbst. Die Leute kommen ihr entgegen. Sie tritt schnell zur Seite.

Pfarrer Friedrich stellt sich an die Tür, nickt Sina kurz zu und verabschiedet seine Gemeinde.

Die Männer aus dem Gefangenenchor gehen zum Bus. Sina schaut ihnen nachdenklich hinterher. Endlich kommen Emma, Hannes und Linus aus der Kirche.

Emma stürzt auf ihren Papa zu und umarmt ihn fest. »Das war ganz toll! Danke Papa, dass du sie eingeladen hast!«

Pfarrer Friedrich lächelt. Er freut sich, dass seine Idee bei seiner Tochter so gut angekommen ist. Als die Leute draußen sind, läuft er zurück in die Kirche, um seinen Talar auszuziehen.

Sina schaut sich um. Sie sind allein. Sie holt den Brief aus ihrem Rucksack. Aufgeregt hält sie ihn den anderen hin. »Schaut mal, was ich hier habe!«

»Das ist ein Brief. Von wem hast du den?«, fragt Emma

»Von Freddy, dem Mann, der mich so angestarrt hat.«

»Eine geheime Botschaft von einem Verbrecher aus dem Gefängnis?« Linus ist begeistert.

»Das ist verboten. Geheime Botschaften aus dem Gefängnis sind verboten«, erklärt Hannes.

Die Kinder stellen sich im Kreis um Sina und schauen auf den Brief in ihrer Hand.

»Es ist ein Brief an seine Tochter. Ich soll ihn ihr geben.«

»Wir dürfen ihn nicht aufmachen, er ist nicht für uns«, bestimmt Emma.

Jetzt wird Sinas Stimme ganz leise. »Ich soll ihn aber aufmachen«, flüstert sie. »Da steht alles drin! Hat er gesagt.«

»Mach ihn auf!« Linus ist begeistert. Er riecht das Abenteuer.

»Ich weiß nicht.« Sina ist unsicher.

»Gib her, du kannst sowieso nicht lesen!« Mit diesen Worten greift Linus nach dem Brief und hält ihn in der Hand.

»Ich kann lesen!«, sagt sie wütend. Sina kommen die Tränen. Das alles ist zu viel für sie.

»Gib Sina den Brief zurück!«, sagt Emma und funkelt Linus an.

»Okay, aber lies nicht so langsam!«

Sina hält den Brief in ihrer Hand und untersucht ihn. Er ist zugeklebt.

»Nun mach schon!« Jetzt wird sogar Hannes ungeduldig. Vorsichtig reißt Sina den Brief auf und zieht ein Blatt heraus. Auf dem Blatt sind Buchstaben und ein Bild zu sehen. Sie versucht die Buchstaben zu entziffern. Sie kommt nicht weit. Die Buchstaben tanzen auf dem Blatt hin und her. »Kass Bär«, beginnt sie. Verdutzt schaut sie auf. »Warum schreibt er was von einem Bären?«, fragt sie die anderen.

»Vielleicht ist ›Kassiber‹ gemeint, so heißen verbotene Briefe aus dem Gefängnis.« Hannes liebt es, wenn er mehr weiß als die anderen.

»Ich kann das nicht lesen!«, sagt Sina kleinlaut.

»Siehst du! Das habe ich doch gleich gewusst. Gib her!«

Sina gibt ihrem Bruder den Brief.

Auf der Stirn von Linus bildet sich eine Falte: »Hier steht Awr. Ich kann das auch nicht lesen!«, gibt er zu.

»Das ist bestimmt seine Tochter! Er hat von seiner Tochter gesprochen«, sagt Sina.

»Wer heißt schon Awr? Gib mal her!« Jetzt ist Hannes an der Reihe. Er kneift die Augen zusam-

KASS BÄR

Liebe Awr Ich bn mı ∂etnens

nellafredü hcib rüt hcı ebad knB eiD

Du woonst gleich bei mier um die Ɛcke

Besuch m ch

deil hcd ebah hcı

Dein 9aga

men und versucht sein Bestes. »Das ist hier rückwärts geschrieben. Es heißt: Die Bank habe ich für dich überfallen.«

»Für wen hat er eine Bank überfallen?«, will Emma wissen.

»Wahrscheinlich für AWR«, rätselt Hannes weiter.

»Warum überfällt er für seine Tochter eine Bank? Das macht man doch nicht!« Hannes ist entsetzt.

»Vielleicht war sie krank und hat eine teure Medizin gebraucht?«, wirft Emma ein.

»Ja, das kann sein.« Sina nickt.

»Bestimmt weiß sie gar nichts davon!«, meint Hannes und rätselt weiter: »Hier steht: Du wohnst gleich bei mir um die Ecke. Und da sind ja auch noch die zwei Bilder drauf. Einmal sitzt einer im Gefängnis und dann ist da ein Schiff mit einem Kreuz.«

Die Kinder schauen sich ratlos an. »Was soll das bedeuten?«

»Ein echter Kassiber! Und wir verstehen nur die Hälfte.« Linus schüttelt frustriert den Kopf.

»Er hat gesagt, ich soll seine Tochter suchen«, sagt Sina. »Und dass er sie lieb hat.«

Emma schnappt sich den Brief von Hannes und überlegt. »Dann ist es doch eigentlich klar: Wir suchen diese Awr, geben ihr den Brief und sagen ihr, dass sie ihren Vater im Gefängnis besuchen soll.«

»Das ist ein Kassiber, das ist verboten!«, gibt Hannes zu bedenken.

»Das ist doch egal!«, sagt Emma. »Alle Papas und alle Mamas dürfen ihr Kind sehen und jedes Kind seinen Papa oder seine Mama.«

»Was machen wir jetzt?«, will Linus wissen.

»Ich kann meinen Papa fragen. Vielleicht fährt er mit mir zum Gefängnis und hilft uns«, schlägt Sina vor.

»Lass Papa aus dem Spiel! Das machen wir allein!« Linus fürchtet um sein Abenteuer.

»Darf man fragen, was ihr da macht?« Pfarrer Friedrich ist aus der Kirche gekommen und schaut den Kindern über die Schulter.

Blitzschnell steckt Emma den Brief weg. Sie hat Angst, dass ihr Papa ihr ihn wegnimmt. Erwachsene machen so etwas.

Die vier Kinder schauen verlegen auf den Boden. Auch Hannes sagt nichts.

Pfarrer Friedrich merkt, dass etwas nicht stimmt. Als keins der Kinder antwortet, zuckt er die Schultern und geht weiter.

Die Kinder schauen dem Pfarrer nach. Eine Weile stehen sie stumm da. Schließlich sagt Emma zu Sina: »Du hast den Brief bekommen. Du nimmst ihn mit nach Hause. Zeig ihn aber keinem Erwachsenen, bis wir wissen, was wir machen.«

»Das ist ein Kassiber, kein Brief«, verbessert Linus.

»Wir helfen Freddy und seiner Tochter. Aber das bleibt unser Geheimnis, bis wir einen Plan haben«, bestimmt Emma weiter. Alle nicken. Auch Hannes ist einverstanden.

Emma hält ihre geöffnete Hand in die Mitte. Sie wartet, bis alle ihre Hände daraufgelegt haben. Dann sagt sie: »Ab heute sind wir eine Bande. Wir sind die Bande, die dafür sorgt, dass die Tochter von Freddy ihren Papa sehen kann. Wir sorgen dafür, dass alles gut wird.« Schließlich schaut sie

Hannes ganz fest an: »Eine Bande behält ihr Geheimnis für sich!«

»Ist schon gut, ich behalte alles für mich.« Und dann überlegt er eine Weile und sagt: »Ich mache mit, aber nur, wenn jeder immer seine eigene Meinung sagen darf.«

»Okay, wir dürfen immer unsere Meinung sagen.« Emma findet das auch gut.

»Und wir halten immer zusammen!« Linus ist begeistert.

»Und wir sind ›Die Guten‹! Wir sorgen immer dafür, dass alles gut wird«, strahlt Sina. Davon hat sie immer geträumt.

»Morgen treffen wir uns nach der Schule bei mir. Ihr könnt ja mal überlegen, was wir machen können, und dann schmieden wir einen Plan«, beschließt Emma und zieht ihre Hand zurück. »Also dann ...«

»Wartet noch kurz«, sagt Sina. »Ich möchte in der Kirche zwei Kerzen anzünden. Eine für Freddy und eine für seine Tochter. Kommt ihr mit?«

Die drei anderen folgen ihr in die Kirche. Dort gibt es einen Leuchter mit vielen Kerzen. Um den

Leuchter herum stehen Stühle, auf die man sich setzen und beten kann. Sina nimmt ein Streichholz aus der Schachtel, die bei den Kerzen liegt. Sie zündet zwei Kerzen an. Alle vier falten die Hände und beten still. Danach gehen die Kinder nach Hause.

In der Kirche leuchten zwei Kerzen: eine für Freddy und eine für seine Tochter.

JEDE BANDE BRAUCHT REGELN

Emma liegt auf ihrem Bett und denkt nach. Was soll sie machen? Gleich kommen ihre Freunde. Sie braucht einen Plan. Soll sie vielleicht doch mit ihrem Vater sprechen? Er könnte ihnen bestimmt helfen. Sie steht auf und geht zu ihrer Zimmertür und öffnet sie. »Ja«, denkt sie, »Papa kann bestimmt helfen.«

Leise schleicht sie die Treppe hinunter und horcht. Alles ist still. Da hört sie etwas klappern. Ihr Vater tippt am Computer. Er schreibt an einer Predigt. Emma weiß, wenn ihr Vater eine Predigt schreibt, darf man ihn nicht stören. Er schimpft dann immer furchtbar. Aber das ist ihr jetzt egal.

Vorsichtig öffnet sie die Tür einen Spalt und flüstert leise: »Papa?« Nichts passiert. »Papa!« Immer noch ist nur das Klappern der Tastatur zu hören. »Papa, darf ich reinkommen?«

»Ja, was ist denn?« Ihr Papa runzelt die Stirn »Du störst mich bei meiner Predigt!«

»Papa, es ist wichtig!«

Papa seufzt und lehnt sich zurück.

»Okay, dann erzähl schon. Jetzt ist meine Idee sowieso weg!«

Sofort sprudelt es aus Emma heraus. Sie erzählt alles von dem Brief und von Freddy. Als sie erzählt, dass Freddy ihre Hilfe braucht, unterbricht ihr Vater sie.

»Emma, ich finde es ganz toll von dir, dass du diesem Freddy und seiner Tochter helfen möchtest. Der Freddy sitzt aber im Gefängnis, weil er anscheinend eine Bank ausgeraubt hat. Das ist eine Nummer zu groß für dich und für mich! Offensichtlich hat er die Beute noch nicht wieder rausgerückt. Wer weiß, was da noch alles im Busch ist. Am Ende hat er noch einen Komplizen. Es gibt im Gefängnis einen Pfarrer, der muss sich darum kümmern. Wir können das nicht!«

»Bitte, hilf uns!«, bettelt Emma.

»Emma, er verbüßt seine gerechte Strafe. Erst

mal soll er die Beute zurückgeben.« Dann schaut er auf den Bildschirm und sagt: »Jetzt lass mich meine Predigt weiterschreiben.«

Jetzt zählt nur noch die Predigt. Von ihrem Papa ist keine Hilfe zu erwarten. Vorsichtig schließt sie die Tür und bleibt stehen. Sie denkt nach. Was soll sie nur machen?

Es klingelt. Emma flitzt zur Tür. Das müssen ihre Freunde sein. Vor der Tür stehen Linus und Sina. Emma winkt beide herein und schließt die Tür hinter ihnen.

»Sina hat mit Mama gesprochen!«, platzt es aus Linus heraus. Er ist richtig sauer. »Es war doch ausgemacht, dass wir nicht mit unseren Eltern sprechen!«

»Ich will doch nur, dass Freddy seine Tochter sehen kann! Da können Mama und Papa doch helfen,« verteidigt sie sich.

Emma hat ein schlechtes Gewissen. Schließlich kommt sie gerade von ihrem Vater. »Was hat denn eure Mama gesagt?«, fragt sie.

»Sie hat gesagt: Lasst eure Finger davon! Das ist nichts für euch. Das ist viel zu gefährlich. Sie will nichts mit Bankräubern und Verbrechern zu tun haben!«

Da klingelt es wieder. Diesmal ist es Hannes.

»Hallo«, begrüßt er die anderen drei. »Ich habe schon eine Idee!«

»Was für eine Idee?«, ertönt es aus dem Hintergrund. Es ist die Stimme von Emmas Mama.

»Ach, nichts, das ist so 'n Kinderkram!«, antwortet Emma schnell. Sie will nicht noch einmal zur Verräterin werden.

Ihre Mama schaut die Kinder prüfend an, dann dreht sie sich um und geht zurück in ihr Arbeitszimmer. Dabei flüstert sie leise: »Hoffentlich stimmt das auch!«

Emma schaut ihr nach. »Kommt, wir gehen in mein Zimmer. Da sind wir allein!«, sagt sie zu ihren Freunden.

Emma geht vor. Hannes, Linus und Sina folgen im Gänsemarsch. In Emmas Zimmer setzen sich die Kinder im Kreis auf den Boden. Emma schließt die Tür zu. Sie will nicht gestört werden.

»Emma, du hast doch gesagt, wir wollen Freddy

helfen und wir gründen eine Bande!«, fängt Hannes an.

Emma nickt. »Ich schlage vor, wir nehmen Sinas Idee: Der Name der Bande ist ›Die Guten‹!«

»Warum ›Die Guten‹?«, will Linus wissen. Ihm hätte ein anderer Name besser gefallen. Vielleicht »Die wilden Vier« oder »Die Unberechenbaren«.

»Na, weil wir Gutes tun wollen«, erklärt Hannes.

Emma und Sina finden den Namen richtig gut.

Linus verdreht die Augen.

»Ich habe schon einmal ein paar Regeln ausgearbeitet. Ich lese sie euch vor!« Langsam und bedeutungsvoll fängt Hannes an zu lesen:

1. Der Name der Bande ist »Die Guten«.
2. Zweck der Bande ist es, Gutes zu tun.
3. Wir haben einen Bandenführer oder eine Bandenführerin.
4. Jede Stimme zählt.
5. Wir dürfen alles sagen.
6. Niemand darf ein Geheimnis ausplaudern.
7. Wir machen immer alles zusammen.

Als er fertig ist, schweigen alle. Jeder denkt über die Regeln nach.

»Niemand darf etwas verraten?« Sina ist den Tränen nah. »Ich habe gestern schon mit meiner Mutter über Freddy gesprochen! Sie will uns nicht helfen.«

Hannes legt ihr tröstend die Hand auf den Arm. »Das ist nicht so schlimm, da galten die Regeln noch nicht!«

»Ich habe auch mit meinem Vater darüber gesprochen. Er will uns auch nicht helfen. Er sagt, das ist gefährlich und nichts für Kinder!«, gibt Emma zu.

Sina schaut sie erleichtert an.

»Ich schlage Emma als Bandenführerin vor«, sagt Hannes. »Sie ist ja schon zwölf und damit die Älteste.«

»Natürlich, Emma ist die Chefin ... na toll!« Linus wäre auch gerne der Chef geworden.

»Ich finde es gut, dass Emma die Chefin ist. Sie macht das besser als du!« Sina deutet mit dem Finger auf ihren Bruder.

Linus streckt seiner Schwester die Zunge raus.

Emma und Hannes sehen Linus an und warten.

»Okay, ich bin einverstanden«, sagt er nach einer Weile. »Ich habe aber eine Bedingung. In die Regeln wird aufgenommen: Wir wollen Abenteuer erleben!«

Emma nickt. »Einverstanden, das machen wir!«

»Dann habe ich auch was.« Sina reckt ihren Finger in die Luft, als wäre sie in der Schule. »Wir passen gut auf uns auf!«

»Das schreibe ich dazu!« Hannes ergänzt die beiden Regeln.

8. Wir wollen Abenteuer erleben.
9. Wir passen gut auf uns auf.

Emma holt einen Stift und alle unterschreiben die Regeln.

»Hannes, du druckst sie für jeden aus«, sagt Emma. »Ich hab schon eine Idee: Morgen treffen wir uns wieder bei mir und fahren mit dem Bus zum Gefängnis. Dort fragen wir nach Freddy. Vielleicht können wir mit ihm sprechen.«

»Ich habe auch einen Plan!« Linus holt aus seiner Tasche eine Zeichnung mit lauter Gängen und Türen und legt ihn in die Mitte.

»Das ist eine Karte der unterirdischen Gänge von St. Georgen! So heißt die Gegend, wo das Gefängnis ist«, triumphiert er.

»Und was willst du damit? Damit können wir doch Freddy nicht helfen!«, meint Emma.

»Doch, das können wir!« Linus strahlt sie an und senkt geheimnisvoll seine Stimme. »Ich habe den Plan von einem Freund aus meinem Handballverein. Er wohnt im Pfarrhaus von St. Georgen. Er ist ein Flüchtling und heißt Farhad. Er hat gesagt, im Keller gibt es eine Tür, durch die kann man in tiefe Gänge, die bis zum Gefängnis gehen.«

»Und was soll das bringen?« Emma versteht immer noch nicht, was Linus will.

»Ganz einfach: Wir schleichen uns durch einen der Gänge. Von dort brechen wir in das Gefängnis ein und suchen Freddy.«

Die vier Kinder beugen sich über den Plan und suchen den geheimen Gang, der vom Pfarrhaus von St. Georgen in das Gefängnis führt. Emma ist der Plan unheimlich. Sie mag ja schon den eigenen Keller zu Hause, aber wenn der dann auch noch zum Gefängnis führt?

»Es heißt doch: Wir wollen Abenteuer erleben!«, strahlt Linus. Das ist seine Lieblingsregel!

»Ich weiß, was wir machen!«, bestimmt Emma. Schließlich ist sie ja die Bandenführerin. »Wir fahren morgen nach der Schule zum Gefängnis und versuchen Freddy zu sprechen, und wenn das nicht gelingt, nehmen wir deinen Plan, Linus.«

IM GEFÄNGNIS

Emma, Hannes, Linus und Sina – kurz »Die Guten«, wie sie sich jetzt nennen – fahren mit dem Bus zum Gefängnis. Sina sitzt hinter ihrem Bruder und schaut ihn an. Warum will er unbedingt in die unterirdischen Gänge? Immer plant er so schreckliche Dinge. Genügt es nicht, zum Gefängnis zu fahren? Für Sina ist schon die Busfahrt ein Abenteuer. Sie weiß nicht, wo sie umsteigen müssen oder wo die Haltestelle vom Gefängnis liegt. Zum Glück hat Emma alles geplant. Wenn sie einmal groß ist, will sie so sein wie Emma.

Zur selben Zeit wischt Freddy die Treppe hinter der Tür zum Gefängnisvorraum.

Er hat oben angefangen und wischt jetzt Stufe für Stufe. Wenn er eine Stufe fertig hat, spült er den Lappen aus und fängt mit der nächsten an. Manchmal ist der Schmutz hartnäckig, dann muss er ein wenig rubbeln. Das ist eine langweilige Arbeit. Seine Gedanken beginnen zu kreisen.

Warum bekommt er keinen Besuch von seiner Tochter? Wie mag sie wohl jetzt aussehen? Er hat sie so lange nicht gesehen. Er ist ein Bankräuber und er hat niemandem verraten, wo die Beute ist. Aber das interessiert ihn im Augenblick nicht. Er will nur seine Tochter sehen. Ob das kleine Mädchen in dem rosa Kleid sein Kind suchen wird? Wenn man ganz genau hinschaut, sieht man eine Träne über seine Wange laufen. Es könnte aber auch eine Schweißperle sein, die sich durch die anstrengende Arbeit gebildet hat.

Das Gefängnis ist von einer großen Mauer umgeben. Direkt am Eingang stehen hohe Eichen. Sie werfen dunkle Schatten. Würde man auf eine der Eichen klettern, sähe man, dass es vor der großen Mauer noch einen Zaun gibt. Aus diesem Gefängnis kann niemand ausbrechen.

Direkt vor dem Gefängnis ist eine Bushaltestelle. Gerade hält der Bus mit den vier Kindern an. Emma steigt als Erste aus. Ihr Blick geht zum Gefängnistor. Es ist aus massivem Stahl. Ringsherum Mauern mit Stacheldraht. Jetzt ist ihr doch etwas mulmig. Was, wenn sie reinkommen und man lässt sie nicht wieder raus? Sie schaut die Eichen an. Da müsste man hochklettern, dann könnte man über die Mauer schauen. Emma geht direkt zum Eingang des Gefängnisses. Hannes, Linus und – mit etwas Abstand – Sina folgen ihr.

Sie stehen vor einer großen Tür. Sie ist verschlossen. Daneben gibt es eine Klingel.

»Komm, klingle mal!«, sagt Linus zu Emma.

»Nein, mach das nicht!« Sina zittert. Sie schiebt ihre kleine Hand in die von Hannes. So fühlt sie sich ein bisschen stärker.

Emma nimmt all ihren Mut zusammen und klingelt. Nichts passiert.

»Klingle noch mal«, sagt Linus.

Emma klingelt noch mal. Eine knarrende Stimme erklingt aus einem Lautsprecher neben der Klingel: »Wer ist da? Bitte sagen Sie Ihren Namen und warum Sie hier sind!«

»Ich bin Emma Friedrich und bei mir sind Hannes, Linus und Sina!«

»Kinder? Was wollt ihr denn im Gefängnis?«

»Wir sind ›Die Guten‹!«, erklärt Linus.

Der Pförtner lacht. »Das ist schon mal gut. Von der anderen Sorte haben wir hier genug! Aber was wollt ihr?«

»Wir wollen einen Gefangenen sprechen!« Jetzt redet Emma wieder. Schließlich ist sie ja die Anführerin.

»Sind eure Eltern dabei?«

»Nein!«

»Frag, ob wir reinkommen können«, flüstert Linus ihr zu.

»Können wir reinkommen?«, fragt Emma.

»Na gut, kommt erst mal rein.«

Die Tür surrt und Emma kann sie aufdrücken. Die vier Kinder betreten einen kleinen Vorraum. Darin gibt es eine zweite Tür aus schwerem Eisen. Dort ist das richtige Gefängnis. Dahinter wischt Freddy gerade die Treppe und ist traurig, weil er seine kleine Tochter nicht sehen kann. Wenn er wüsste, dass es gerade auf der anderen Seite der Tür um ihn geht, würde er bestimmt etwas tun. So putzt er immer weiter, als wenn nichts los wäre.

»Wen wollt ihr besuchen?« In einem Glaskasten

1234
10

sitzt der Mann, mit dem die Kinder eben gesprochen haben.

»Wir wollen den Freddy besuchen!«, sagt Emma.

»So, so, den Freddy.« Der Pförtner schmunzelt. »Leider muss ich euch enttäuschen. Kinder dürfen nicht ins Gefängnis. Ihr könnt hier niemanden besuchen. Schon gleich gar nicht ohne Eltern. Ihr seid zu klein!«

»Wir müssen aber. Es ist eine Familienangelegenheit«, mischt sich Sina ein. Sie staunt selbst über ihren Mut.

»Warum? Hat jemand von euch einen Papa oder Bruder hier?«

»Nein, aber wir wollen Freddys Tochter suchen!«, sagt Emma.

»Das lasst mal hübsch sein. Das sind hier alles Kriminelle. Die sitzen zu Recht im Gefängnis. Das ist nichts für euch. Wissen eure Eltern eigentlich, dass ihr hier seid?«

»Nein!«, gibt Emma kleinlaut zu.

»Dann geht mal schön nach Hause und fragt sie, ob ihr das überhaupt dürft!«

»Wir dürfen das!«, ruft Linus dazwischen.

»Das weißt du doch gar nicht!« Hannes ist ganz aufgeregt.

»Doch! Alles, was mir nicht verboten ist, ist mir erlaubt!«

»Wenn es das Richtige ist«, stellt Emma klar.

Die Tür hinter ihnen surrt erneut. Das bedeutet, dass die vier nun das Gefängnis verlassen müssen. Sie treten auf die Straße. Draußen unter den Eichen stecken sie die Köpfe zusammen.

»Wir machen noch eine Regel: Wir lügen nie!« Hannes ist immer noch wütend wegen Linus.

Linus rollt die Augen: »Regeln, Regeln, Regeln, das macht echt keinen Spaß mehr!«

»Was machen wir jetzt?«, will Sina wissen.

»Unseren Plan B«, sagt Emma.

»Wir suchen doch nicht den unterirdischen Gang ins Gefängnis?« Sina schaut sie erschrocken an.

»Doch, genau das machen wir!« Emma nickt grimmig. Ihr Kampfgeist ist geweckt. »Aber das müssen wir in Ruhe planen. Schließlich ist unsere 9. Regel: Wir passen gut auf uns auf. Gutes Aufpassen fängt immer mit einem guten Plan an.

Morgen treffen wir uns nach der Schule wieder bei mir und überlegen, wie wir zu Freddy kommen und was wir alles brauchen.«

Linus strahlt. Er freut sich auf das Abenteuer!

APFELKUCHEN MIT SAHNE

Emma zieht die Luft tief ein. Das ganze Haus riecht nach Apfelkuchen. Sie liebt Apfelkuchen. Mama ist beim Sport. Papa hat diesen Nachmittag frei und kümmert sich um Emma. Wenn er auf sie aufpasst, dann backt er oft die leckersten Kuchen und Torten. Der Duft zieht bis in ihr Zimmer. Da klingelt es. Sina und Linus stehen vor der Tür. Hannes' schwarzer Schopf ist auch schon unten am Kirchturm zu sehen. Die ganze Bande ist wieder zusammen. Es kann losgehen.

»Oh, das riecht hier aber lecker!« Linus genießt den Duft.

»Was ist das?«, will Hannes wissen.

»Das ist mein berühmter Apfelkuchen!« Emmas Papa steht in der Küchentür und strahlt die Kinder an. »Wollt ihr ihn vielleicht probieren?«

»Ja!«, rufen die drei wie aus einem Mund.

»Dazu gibt es Schlagsahne!«

»Wir wollen doch planen!« Emma ist sauer. Ihr

Papa kommt ihr mit dem Apfelkuchen in die Quere.

»Emma, ich möchte dir und deiner Bande auch gar nicht im Weg stehen. Ich will auch gar nicht wissen, was ihr so plant. Geht schon mal hoch. Wenn der Kuchen fertig ist, bringe ich ihn euch nach!«

»Wie kommst du darauf, dass wir eine Bande sind?«

»Weiß nicht, ihr kommt mir so vor. Wie eine Bande, die irgendetwas ausheckt!«

»Wir hecken gar nichts aus!«, sagt Emma trotzig und stapft die Treppe hoch.

In Emmas Zimmer setzen sich die vier Kinder auf den Boden. Linus holt seine Karte aus der Tasche und breitet sie vor den anderen aus. Er hat den Weg zum Gefängnis eingezeichnet.

»Ich habe euch doch von dem Flüchtling erzählt, Farhad, der jetzt beim Pfarrer in St. Georgen wohnt. Er hat mir das mit dem Gang verraten und ich habe den Weg gesucht. Das ist er!«

»Weißt du denn, ob das überhaupt stimmt?«, fragt Emma misstrauisch.

»Ich habe mich überall erkundigt. Außerdem ist Farhad mein Freund! Der sagt die Wahrheit. Er lässt uns auch rein. Am Nachmittag ist er oft allein. Da können wir ins Haus und schauen, wo der Gang hinführt.«

»Bist du dir ganz sicher, dass der Gang ins Gefängnis führt?« Hannes bekommt es mit der Angst zu tun. Wo werden sie landen, wenn sie durch den unterirdischen Gang gehen?

»Alle sagen das! Hier habe ich es angemalt!« Linus fürchtet um sein Abenteuer.

»Vielleicht stimmt der Plan nicht. Nur weil alle etwas sagen, muss das noch lange nicht stimmen!«, widerspricht Hannes.

Das ist der Moment, in dem Emmas Papa den Raum betritt. »Genau, das sage ich auch immer: Wenn alle etwas sagen, muss das noch lange nicht stimmen!« Auf einem Tablett balanciert er vier Tassen heißer Schokolade und vier Teller mit Apfelkuchen und Sahne. Alles duftet nach dem leckeren Kuchen. Er ist noch heiß und die Sahne schmilzt dort, wo sie den Teig und die Apfelschnitze berührt.

Von einem Moment auf den nächsten ist das ganze Abenteuer vergessen und es zählt nur noch der Apfelkuchen mit der Schlagsahne. Die heiße Schokolade ist nicht ganz so gut. Die kann Emmas Mama besser.

»Kann jeder Pfarrer so gut backen?«, fragt Hannes.

»Nein, das glaube ich nicht«, schmunzelt Pfarrer Friedrich und denkt an einige seiner Kollegen.

»Du solltest mal seine Bonbons probieren!«, sagt Emma. »Er macht die tollsten Bonbons der Welt!«

»Das nächste Mal können wir ja Bonbons machen«, schlägt Pfarrer Friedrich vor.

»Papa, wolltest du nicht gehen?« Emma blinzelt ihren Vater finster an.

Pfarrer Friedrich zieht sich zurück und schließt bedeutungsvoll die Tür. Manchmal muss man Kinder allein lassen.

Er weiß ja nicht, was für ein gefährliches Abenteuer die Bande plant.

Emma

Eine Zeit lang ist alles ganz still. Alle sind mit essen beschäftigt. Auch Emma genießt den Kuchen. Schließlich legen sie die Gabeln auf die leeren Teller.

Emma sieht Linus an. »Wir gehen morgen zu deinem Freund und er soll uns den Eingang zeigen!«

»Super, ich sag ihm Bescheid!«

»Wir müssen unsere Ausrüstung bedenken.« Hannes lässt sich jetzt auch begeistern. »Eine gute Ausrüstung ist der erste Schritt zum Erfolg.«

Sina runzelt die Stirn. »Was soll das denn bedeuten?«

»Das bedeutet, wir passen gut auf uns auf!«, übersetzt Emma für Sina.

»Wir brauchen jeder einen Helm, kann auch ein Fahrradhelm sein. Jeder soll sein Handy mitnehmen, eine Taschenlampe und feste Schuhe!«, fährt Hannes fort.

»Okay, jeder ist für seine Ausrüstung selber verantwortlich!«, bestimmt Linus.

»Wir treffen uns morgen Mittag an der Bushaltestelle. Die Hausaufgaben können wir später machen«, schließt Emma die Diskussion ab. »Wir haben bis dahin alle genug zu tun. Schlage vor, wir machen jetzt Schluss!«

Hintereinander laufen die Guten die Treppe hinab und bringen ihr Geschirr in die Küche.

Pfarrer Friedrich steht in der Küche und beobachtet die Kinder. »Ich weiß ja nicht, was sie vorhaben. Aber ordentlich sind sie!«, denkt er zufrieden.

UNTER DER ERDE

Das Pfarrhaus von St. Georgen steht etwa fünfhundert Meter vom Gefängnis weg. Dazwischen liegen Häuser und Straßen. Die Guten stehen direkt vor der schweren Eingangstür. Jeder hat einen Fahrradhelm, etwas zu essen und ein Handy dabei – nur Sina hat noch keins. Emma hat an alles gedacht. Sie hat ein altes Handy aus einer Schublade geholt, ihre Nummer eingespeichert und es in einen Briefumschlag gesteckt. Darauf hat sie geschrieben: *Freddy, ruf uns an, wir suchen deine Tochter!* Das will sie ins Gefängnis legen und dann wieder fliehen. Sie ist wirklich eine gute Bandenführerin.

»Wie soll es denn da einen Geheimgang zum Gefängnis geben?«, fragt Hannes. »Da liegen doch lauter Häuser dazwischen! Das geht doch gar nicht!«

»Das ist es ja gerade«, erklärt Linus. »Die sind schon richtig alt! Man weiß bis heute nicht genau, wann und wofür sie gegraben wurden. Im Krieg hat es den Menschen total geholfen, dass ihre Keller miteinander verbunden waren. So hatten sie die Chance zu fliehen, falls eine Bombe auf ihr Haus fällt.«

Sina gefällt der Gedanke, dass eine Bombe auf ein Haus fallen könnte, überhaupt nicht.

»Und jetzt kann man unterirdisch von Keller zu Keller laufen!«

Hannes staunt: »Heißt das, wir laufen von Haus zu Haus, von einem Keller in den nächsten Keller, bis wir im Gefängnis sind?«

»Ja, aber die meisten Leute haben ihre Zugänge zugemacht. Vom Pfarrhaus von St. Georgen kann man aber rein!«

»Ich klingle mal«, sagt Emma und drückt den Knopf. Drinnen sind Schritte zu hören. Donnerschläge knallen und kommen näher. Die Tür öffnet sich. Vor ihnen steht ein riesiger Mann mit dunklen Augen und schwarzen Haaren. Er hat Hände so groß wie Bratpfannen. In der rechten hält er einen Handball.

Unwillkürlich weicht Emma einen Schritt zurück. »Wer ist das denn, ich dachte Farhad ist allein!«, fragt sie Linus leise.

Linus schüttelt dem Mann stolz die Hand. »Das ist Farhad. Er ist älter als wir. Ich habe nicht gesagt, dass er in meiner Mannschaft spielt, ich habe nur gesagt, dass er bei mir im Verein ist!«

»Hey, Linus, sind das deine Freunde?«

»Ja, das ist Emma, das Hannes und das ist meine Schwester Sina!«

»Was hat denn da so gedonnert?«, fragt Sina leise. »Ich habe Angst!«

»Ach, ich hab nur ein bisschen trainiert!« Farhad zeigt seinen Handball. »Ihr wollt doch in den Geheimgang, oder? Da müsst ihr da langgehen! Ich zeige es euch!«

Farhad dreht sich um, öffnet die Kellertür und steigt eine Treppe mit Steinstufen runter. Die Guten folgen ihm.

Ganz unten gibt es einen altmodischen Lichtschalter. Farhad dreht daran und eine alte Glühbirne leuchtet auf. In ihrem fahlen Licht sieht man ein schweres Eisengitter.

»Hier geht es rein!«, sagt Farhad. »Normalerweise ist hier abgeschlossen. Aber ich habe den Schlüssel.« Er nimmt den Schlüssel aus seiner Tasche und schließt die Gittertür auf. »Ich bleibe hier, da drinnen macht man sich nur schmutzig. Seid bitte um 18 Uhr wieder hier, dann kommt der Pfarrer zurück!«

Vorsichtig betreten die Guten den Geheimgang. Es wird ganz dunkel. Emma holt ihre Taschenlampe heraus. Vorsichtig geht sie voran. Plötzlich stoppt sie. »Setzt bitte alle eure Helme auf!«

Alle bleiben stehen und setzen ihre Helme auf.

»Jetzt geht es weiter!«

Das Licht ihrer Lampe fällt auf eine Tür. Vorsichtig drückt sie mit der Hand dagegen. Die Tür geht auf. Sie sehen in einen großen Kellerraum. Emma leuchtet hinein. Schatten hüpfen über die Wände. Dort ist eine Treppe, die nach oben führt.

»Da geht es bestimmt zum Nachbarhaus!«, murmelt Linus. Er schaut auf seine Karte.

»Ich will heim!«, flüstert Sina.

»Schau, da ist wieder eine Tür! Da gehen wir durch!« Mutig geht Emma voran. Hannes und Linus folgen.

»Wollen wir nicht umkehren?«, jammert Sina.

Linus ballt seine Fäuste. Immer nervt Sina mit ihrer Angst! Er dreht sich um und schreit: »Wenn du willst, dann geh doch allein heim! Ich geh weiter!«

»Du musst auf mich aufpassen!«

»Dann komm jetzt mit, wenn ich auf dich aufpassen soll!«

Schluchzend folgt Sina den drei großen Kindern. Sie fühlt sich unendlich klein. Emma hat inzwischen schon die nächste Tür geöffnet. Vor ihr liegt ein langer Gang. Vorsichtig tasten sie sich vorwärts. Die Taschenlampe wirft gruselige Schatten. Leise hallen ihre Schritte von den Wänden wider.

Es sind vielleicht fünfzig Meter. Am Ende wird der Gang immer enger. Sie stoßen mit ihren Helmen an die Decke. Zum Glück tut das nicht weh!

»Wir kommen hier nie wieder raus!«, weint Sina schon wieder.

»Wenn du nicht gleich still bist, kommst du hier nicht mehr raus, weil ich dafür sorge!«, schimpft Linus wütend. Eigentlich hat er selber Angst.

Sina heult auf. Emma dreht sich um und schimpft: »Linus, was soll das? Du bist so doof! Vielleicht ist Sina erst sechs Jahre alt?«

Hannes nimmt Sina an die Hand. Sina drückt seine Hand erleichtert.

»Mädchen, typisch Mädchen«, flüstert Linus vor sich hin und schaut auf seinen Plan. »Die schwarze Tür da vorne ist offen. Da müssen wir bestimmt durch«, sagt er dann laut.

Emma geht weiter. Linus folgt ihr, den Abschluss bilden Hannes und Sina.

Sina dreht sich immer wieder um. War da nicht ein Geräusch? Ist da jemand?

Alle gehen durch die schwarze Tür. Als Sina durchgegangen ist, lässt sie die Hand von Hannes los und schließt die schwarze Tür. Das geht richtig schwer, aber sie will nicht, dass ihnen irgendjemand folgen kann. Das Schloss schnappt zu.

»Was machst du?«, schimpft Linus. »Vielleicht können wir die Tür nicht wieder aufmachen!« Er

geht sofort zur Tür und findet keinen Griff. Er kann sie nicht öffnen. »Wir können nicht mehr zurück! Da ist kein Türdrücker!« Panik liegt in seiner Stimme.

Jetzt probiert es Hannes. Auch er kann die Tür nicht mehr öffnen.

»Wir sind hier unten gefangen!«, stöhnt Hannes.

Jetzt versucht es Emma. Die Tür bleibt zu.

»Auf der anderen Seite war ein Türdrücker«, flüstert Sina.

»Das nützt uns jetzt auch nichts!«, schimpft ihr Bruder.

»Wir gehen einfach weiter. Irgendwo kommen wir bestimmt raus!« Emma ist die Einzige, die ruhig bleibt.

Sie kommen an einer Treppe vorbei. Die Treppe endet an einer zugemauerten Wand.

»Wo sind wir nur?«, will Linus wissen. Er schaut auf seine Karte, aber die hilft ihm gerade auch nicht.

»Unter irgendwelchen Häusern«, antwortet Emma. Sie ist wirklich mutig. Sie leuchtet den Raum aus, der jetzt vor ihnen liegt. Das Licht ihrer Taschenlampe fällt auf einen großen Steinhaufen. Vor vielen Jahren ist dort die Decke eingestürzt. Emma leuchtet den Steinhaufen ab. Er geht bis zur Decke und rechts und links kommt man auch nicht vorbei. »Da kommen wir nicht durch!«, stellt sie fest. Jetzt bekommt sie es auch mit der Angst zu tun.

Sina setzt sich hin und sagt: »Ich bleibe jetzt hier sitzen und geh nirgendwo mehr hin!«

Hannes und Linus setzen sich dazu.

»Das war eine ganz doofe Idee, hier reinzugehen!«, schimpft Sina.

Emma setzt sich auch hin. Sie nimmt ihr Handy zur Hand. »Wir können jederzeit Hilfe rufen«, sagt sie beruhigend. Sie tippt auf dem Handy herum. Dann wird sie blass. »Kein Netz! Die Handys funktionieren hier unten nicht.«

Jetzt ist es eine Weile still. Man hört nur den Atem der Kinder.

Sina macht die Augen zu und träumt sich nach Hause. Sie stellt sich vor, dass sie auf ihrem Bett liegt. Es funktioniert nicht. Plötzlich raschelt etwas. Sina zuckt zusammen.

»Was ist das?« Hannes' Herz klopft. Angestrengt schaut er in die Dunkelheit.

»Ich glaube, eine Ratte. Das kommt von dem Steinhaufen da!« Emma leuchtet in die Richtung, aus der das Geräusch gekommen ist. Sie deutet auf die Steine, die ihnen den Weg versperren.

Da spürt Sina, wie etwas über ihre Füße läuft. Die Angst drückt ihr die Brust zusammen. Sie bekommt keine Luft mehr. Es ist, als wenn sie in einem Schraubstock eingeschnürt wäre. Leise fängt sie an zu beten.

»Betest du?«, will ihr Bruder wissen.

Sina nickt und betet weiter.

Alle vier Kinder werden ganz still. Jeder betet für sich. »Lieber Gott, hilf uns doch irgendwie hier raus!«

GEFANGEN IM GEHEIMGANG

»Ob hier schon mal jemand gestorben ist?«, unterbricht Linus die Stille. »Könnte doch sein. Hier unten verhungert man irgendwann!«

»Nein, zuerst verdurstet man!«, korrigiert ihn Hannes. »Der Mensch verdurstet, bevor er verhungert!«

»Wir kommen hier bestimmt wieder raus!«, schimpft Emma. Sie will so etwas gar nicht hören! »Sina bekommt nur noch mehr Angst, wenn ihr so was sagt!«

Sina hört gar nicht zu. Sie betet mit ihrem ganzen Herzen. Wenn sie schon nicht zu Hause auf ihrem Bett sein kann, will sie ganz beim lieben Gott sein. Je mehr sie betet, desto weniger Angst hat sie. »Bitte, lieber Gott, zeig mir einen Ausweg! Bitte, wenn du bei mir bist, habe ich keine Angst mehr! Ich möchte ganz bei dir sein!« Ganz langsam lässt der Druck auf ihrer Brust nach. Sie atmet tief durch. Dann öffnet sie die Augen und richtet ihre Taschenlampe auf den Steinhaufen. »Schaut, da ist noch eine Ratte!«

Tatsächlich kommt aus einer Lücke im Steinhaufen eine Ratte gekrochen. Sina steht auf. Normalerweise hat sie Angst vor Ratten. Jetzt ist sie ganz ruhig. Sie weiß nicht, woher sie den Mut nimmt. Sie geht auf das Loch zu.

»Bleib hier! Bist du verrückt?«, ruft ihr Bruder, aber Sina geht weiter. Sie beugt sich herunter und nimmt einen Stein nach dem anderen weg.

»Lass das, die Ratten können beißen!« Linus' Stimme quietscht panisch.

»Ich helfe dir!« Emma steht auf, beugt sich neben Sina und nimmt Stein für Stein weg. Hinter den Steinen kommt eine Treppenstufe zum Vorschein.

Jetzt helfen auch Linus und Hannes. Die Guten legen Stein für Stein beiseite, bis der Spalt groß genug ist, um durchzugucken. Dahinter ist eine Steintreppe zu sehen. Sie entfernen noch ein paar Steine. Schließlich ist der Spalt so groß, dass man hindurchkrabbeln kann. Emma macht den Anfang. Die drei anderen folgen. Emma leuchtet nach oben. Dort ist eine verschlossene Holztür. Tritt für Tritt steigen sie die Treppe hoch.

Jetzt steht Emma vor der Holztür.

»Hoffentlich geht die auf«, denkt Linus.

»Wir dürfen da nicht rein … das ist privat! Das ist Hausfriedensbruch!«, protestiert Hannes leise.

Manchmal kann Hannes richtig anstrengend sein.

»Macht die Lampen aus!«, flüstert Emma.

Alle machen sie aus. Jetzt sehen sie Licht durch den Spalt unter der Tür. Sie hören eine Stimme. Dazwischen gibt es immer Motorengeheul.

»Was ist das?«, fragt Hannes. »Da fahren ja Autos!«

»Das hört sich an wie ein Autorennen im Fernsehen!«, meint Linus. »Mein Opa schaut das immer stundenlang.«

»Geht die Tür auf?«, will Sina wissen. Sie möchte endlich raus.

»Wir dürfen da nicht rein, das nennt man Hausfriedensbruch«, wiederholt Hannes. Er meint es tatsächlich ernst.

Linus, Sina und Emma würden Hannes am liebsten den Mund zukleben. Sollen sie etwa hier unten verhungern, nur damit sie keinen Hausfriedensbruch begehen?

»Das ist kein Hausfriedensbruch, das ist Gefahr im Verzug«, beendet Emma die Diskussion, und bevor Hannes wieder etwas sagen kann, drückt sie vorsichtig gegen die Tür. Mit einem Knarren geht sie auf. Der Schlüssel steckt auf der anderen Seite.

Vor Erleichterung kommen Sina die Tränen. »Danke, Gott!«, flüstert sie.

Sie stehen in einem langen Flur. Auf der gegenüberliegenden Seite ist eine Haustür zu sehen. Da müssen sie hin.

»Ist da jemand?«, hören die vier Kinder eine unbekannte männliche Stimme rufen.

Die vier erstarren. Nur ihr Atem ist zu hören.

»Mach mal den Fernseher leise«, sagt jetzt eine Frau. »Ich will mal lauschen!«

Plötzlich wird es ganz still. Sina hält die Luft an. Hoffentlich kann man ihr Herz nicht schlagen hören.

»Komm, mach wieder lauter«, sagt jetzt der Mann. »Da ist niemand!«

Dann hören die Kinder wieder Autogeräusche und einen Sportkommentator.

»Los, weiter«, flüstert Linus.

Emma zeigt auf eine offen stehende Tür. »Da müssen wir uns vorbeischleichen.«

»Los, weiter!«, flüstert Linus noch einmal.

»Ich traue mich nicht!«, flüstert Emma zurück.

»Ich mache das!« Linus geht auf alle viere und krabbelt langsam den Flur entlang. Jetzt befindet er sich auf Höhe der Wohnzimmertür. Vorsichtig schaut er um die Ecke. Er sieht eine Frau und einen Mann auf ihren Fernsehsesseln sitzen. Linus dreht sich um und winkt den anderen zu. Sina hält sich die Hände vor die Augen. Sie will nicht sehen, was passiert.

Plötzlich sagt der Mann: »Wir haben doch in der Küche diese leckeren Chips. Magst du mir die holen?«

Linus starrt gebannt auf die Frau. Was, wenn sie jetzt aufsteht?

»Na gut, für dich tue ich doch alles!« Langsam erhebt sich die Frau von dem Sessel. Ihr Blick ist immer noch auf das Autorennen im Fernseher gerichtet. Jetzt dreht sie sich um. Linus kann sich nicht rühren. Immer noch starrt er die Frau an. Ihre Blicke treffen sich. Die Frau stolpert fast vor Schreck. »Wer, wer ...?« Die Worte bleiben der Frau fast im Halse stecken. »Wer bist du denn?«

»Ich bin ein Guter!« Linus springt auf und rennt so schnell er kann zur Eingangstür. Er reißt sie auf und läuft auf die Straße. Helles Tageslicht empfängt ihn. Er ist gerettet.

Die Frau schaut ihm verblüfft nach. Hannes, Emma und Sina befinden sich immer noch im Flur. Sie schauen auf den Rücken der Frau. Sina versteckt sich schnell hinter der geöffneten Kellertür. Sie will nicht entdeckt werden. Da setzt sich Emma in Bewegung. Langsam schleicht sie sich vor. Jetzt ist sie direkt hinter der Frau. Der Mann ist jetzt auch aufgestanden und kommt in den Flur.

»Ich bin auch eine Gute«, flüstert sie und läuft so schnell sie kann an den verblüfften alten Leuten vorbei, hinaus auf die Straße.

Das ist das Stichwort für Hannes. Er springt auf, rast Emma hinterher, ruft: »Ich bin auch ein Guter!« und verschwindet ebenfalls nach draußen.

Sina drückt sich ängstlich hinter die Kellertür. Was soll sie nur machen?

Der Mann geht zur Eingangstür und schaut auf die Straße. »Die sind weg!«, sagt er und schüttelt verdutzt den Kopf.

»Schau, die sind aus dem Keller gekommen!« Seine Frau deutet auf die geöffnete Kellertür.

»Wie viele sind denn da noch?« Er schaut zur Kellertür und sieht niemanden mehr. »Ich schau mal nach, wo die hergekommen sind!«

»Aber du hast doch gesagt, da ist ein Steinhaufen und man kommt nicht durch!«

»Ja, seltsam, ich geh mal runter!« Langsam bewegt sich der alte Mann an seiner Frau vorbei Richtung Keller. Oben an der Treppe bleibt er stehen. Er ist nur eine Handbreit von Sina entfernt. Sie kann seinen Atem hören. »Wir brauchen eine Taschenlampe!«, ruft der Mann.

Die Frau holt eine und gibt sie ihrem Mann. Jetzt leuchtet er die Treppe runter.

Sina sieht durch den Spalt, wie die beiden im Keller verschwinden. Mit aller Kraft schlägt sie die Tür zu und dreht den Schlüssel um. Sie will auf keinen Fall verfolgt werden. Schnell rennt sie auf die Straße raus.

Die Sonne scheint ihr ins Gesicht. »Gerettet!«, jubelt Sina. Sie schaut zuerst links und dann rechts die Straße runter. Wo sind nur ihre Freunde? Da entdeckt sie Hannes. Neben ihm stehen auch ihr Bruder und Emma. Erleichtert rennt sie zu ihnen.

»Wo bleibst du denn?« Emma ist ganz aufgeregt. »Wir warten hier schon die ganze Zeit!«

»Ich hab mich hinter der Tür versteckt und konnte nicht an den Leuten vorbei!«, sprudelt es aus ihr heraus. »Dann sind sie in den Keller gegangen und ich bin ganz schnell losgelaufen!«

»Ich will jetzt heim!«, stöhnt Hannes. »Für heute war das genug Abenteuer.«

»Ich will auch nach Hause!«, stöhnt Linus. »Ich habe echt genug!«

»Komm, wir suchen eine Bushaltestelle!«, entscheidet Emma.

Schon machen sich die vier auf die Suche.

»Wartet mal!« Sina bleibt plötzlich stehen.

»Was ist denn jetzt?«, schimpft ihr Bruder. Er will wirklich nur noch nach Hause. Er hatte nicht gedacht, dass Abenteuer so gefährlich sind.

Sina schaut die anderen an. »Ich glaube, ich habe die beiden eingeschlossen!«

»Wen hast du eingeschlossen?«

»Die beiden alten Leute! Als sie in den Keller gegangen sind, habe ich die Tür zugeschlagen und den Schlüssel umgedreht! Ich hatte so eine Angst vor ihnen. Jetzt können sie nicht mehr heraus. «

»Oh nein!«, stöhnt Emma auf. »Dann sitzen die beiden jetzt fest, so wie wir vorhin!«

»Ja«, sagt Sina mit schlechtem Gewissen.

»Ich geh jetzt nach Hause. Die kommen schon irgendwie raus!«, schimpft Linus.

»Glaub ich nicht. Der Schlüssel steckt. Sie haben nur eine Taschenlampe dabei!« Sina treibt es schon wieder die Tränen in die Augen.

»Und das Handy geht dort unten auch nicht! Sie haben keine Chance«, überlegt Emma. »Wir müssen umkehren und die Tür wieder aufsperren!«

IN DER GEFÄNGNISGÄRTNEREI

Mit hängenden Köpfen trotten die vier Guten den Weg zurück. Am Haus der beiden Alten angekommen, steigen sie die Treppe zur Haustür hoch. Sina hat die Tür bei ihrer Flucht zum Glück offen stehen lassen. Vorsichtig betreten die vier das Haus. Sie stehen im Flur und lauschen. Es ist still. Sie gehen zur Kellertür und lauschen.

»Was waren das für Gangster?«, hören sie die Stimme des Mannes.

»Das waren keine Gangster, das waren Kinder!«, antwortet die Frau. »Wie sind die nur zu uns reingekommen?«

»Na, hier durch den Gang. Viel spannender ist, wie wir hier wieder herauskommen.«

»Sie haben gesagt, dass sie gut sind«, tröstet sich die Frau.

»Eingesperrt haben sie uns trotzdem!«, sagt der Mann.

Die Frau seufzt. »Das glaubt uns keiner: Da

kommen drei Kinder durch den Keller in unser Haus und sperren uns ein!«

»Hilfe, Hilfe!«, rufen die beiden. »Hilfe!«

»Uns hört ja doch keiner!«, dämmert es dem Mann.

Nach einer Pause hört man die Stimme der Frau wieder: »Was machen wir denn jetzt?«

»Wir müssen auch durch die Gänge gehen!«

»Ohne mich! Ich setze mich hier hin und du holst Hilfe!«

»Okay, da ist ein Loch zwischen den Steinen, ich mach es größer und gehe dann in den Gang. Gib mir mal die Taschenlampe!«

»Du lässt mich hier nicht im Dunkeln sitzen. Bleib schön hier!«

»Und wie kommen wir dann raus?«, will der Mann wissen.

Vorsichtig dreht Emma den Schlüssel um und öffnet die Tür. »Hallo!«, ruft sie in die Dunkelheit.

Plötzlich wird sie von einem hellen Licht angeleuchtet. Sie kann nichts mehr sehen.

»Habt ihr uns hier unten eingesperrt?«, fragt der Mann mit seiner tiefen Stimme.

»Ja, aus Versehen, das wollten wir eigentlich nicht!«, antwortet Emma.

»Entschuldigung«, flüstert Sina. Allerdings kann sie das nur selbst hören.

»Wer seid ihr?«, fragt jetzt die Frau.

Die Kinder hören, wie die beiden die Stufen heraufsteigen.

»Wir sind ›Die Guten‹!«

»Da wäre ich nicht drauf gekommen!«, stöhnt der Mann.

Die beiden erreichen das Ende der Treppe.

Die Frau mustert Emma und ihre Bande. »Schau dir die vier an! Ihr seid ja ganz schmutzig! Wie seid ihr denn in unseren Gang hineingekommen?«

»Wir waren im Gang gefangen!« Wieder stehen Sina Tränen in den Augen. »Wir wären beinah nicht mehr rausgekommen. Da sind wir hier hochgeklettert.«

»Und wer hat euch da unten eingesperrt?«

Linus, Hannes und Emma schauen Sina vorwurfsvoll an.

»Ich!«, heult Sina wie eine Sirene los.

Die Frau nimmt sie tröstend in den Arm. »Na,

ihr habt uns ja wieder befreit. Jetzt ist alles gut! Ich hol ein paar Kekse und eine Limo aus der Küche und ihr setzt euch erst einmal ins Wohnzimmer und erzählt uns alles.«

Kurz darauf sitzen die vier Guten und das Ehepaar im Wohnzimmer.

»Ich bin der Joachim«, stellt sich der alte Mann vor.

»Und ich bin die Else.«

»Das ist Hannes, das Linus, das Sina und ich bin Emma. Kurz: Die Guten!«, stellt Emma ihre Bande vor.

»Und was wolltet ihr da unten in den Gängen?«, will Else wissen.

Da bricht es aus den Kindern heraus. Sie erzählen alles vom Anfang bis zum Ende. Vom Gefangenenchor, dem Kassiber bis zu dem Moment, wo sie hinter dem Ehepaar vorbeigesaust sind. Dabei wird den Kindern immer leichter ums Herz.

»Ihr wisst schon, dass es nicht erlaubt ist, in das Gefängnis einzubrechen?«, sagt der alte Mann. »Und gefährlich ist es noch dazu. Gut, dass ihr bei uns rausgekommen seid!«

Sinas Augen füllen sich schon wieder mit Tränen.

»Kein Grund zum Weinen! Der Gang da unten führt sowieso nicht ins Gefängnis, sondern in die Gefängnisgärtnerei. Wenn ihr wollt, zeig ich euch das. Das ist nur ein kleines Stück weiter und ihr seid da!«

»Ich geh da nicht mehr runter!« Da ist sich Sina ganz sicher.

»Das Gefängnis hat eine Gärtnerei?«, will ihr Bruder wissen.

»Ja, da arbeiten die Gefangenen. Wenn du möchtest, kannst du deiner Mutter dort eine Blume kaufen!«

»Und der Gang dort unten führt direkt dorthin?« Linus ist schon wieder voller Abenteuerlust. »Das will ich sehen!«

»Ich auch!«, ruft Emma.

»Ich auch!«, kommt es von Hannes.

»Ich nicht!« Sina schaut ihre Freunde vorwurfsvoll an.

Die Frau legt ihr den Arm um die Schulter. »Dann machen wir es doch so: Ich gehe mit

Sina den direkten Weg im Tageslicht und ihr geht mit Joachim durch den Keller. Vielleicht finde ich jemanden aus der Gärtnerei, der aufsperren kann.«

Also folgen Emma, Hannes und Linus Joachim wieder in den Keller. Unten angekommen leuchtet Joachim den Gang mit seiner Taschenlampe aus. Sie gehen den Gang in die andere Richtung weiter.

»Ich mache jetzt mal die Lampe aus, dann seht ihr schon das Tageslicht! «

Die Kinder schauen angestrengt nach oben. Über ihnen ist eine Holztür. Durch einige Ritzen leuchtet ihnen Licht entgegen.

»Kommt, wir steigen da rauf, dann sind wir in der Gefängnisgärtnerei!«

Die vier steigen eine alte, glitschige Treppe hinauf und stehen vor der schweren Holztür.

Sie warten. Kurz darauf hören sie Schritte hinter der Tür. Ein Schlüssel knarzt und die Tür geht auf. Das Tageslicht fällt hell in den Gang. Vor ihnen steht ein Herr vom Gefängnispersonal.

»Das ist aber nicht der richtige Eingang. In Zukunft geht ihr bitte durch den Haupteingang!« Er sieht sie finster an.

Joachim lächelt entschuldigend. »Ich wollte das den Kindern nur zeigen! Ein bisschen Abenteuer muss sein!«

»Schon gut«, brummt der Mann, »aber das nächste Mal geht es da vorne durch!«

»Die Kinder wollen ihren Eltern Blumen mitbringen. Können Sie uns beraten?«, fragt Else, um die Laune des Mannes zu heben.

Emma schaut sie mit großen Augen an. Sie hat nur ganz wenig Geld dabei. Womit soll sie die Blumen bezahlen?

Else versteht sofort. »Keine Sorge. Joachim und ich bezahlen das!«

»Ihr wollt Blumen kaufen? Da schicke ich euch mal den Freddy!«

Die Kinder schauen sich verblüfft an.

Der Vollzugsbeamte ruft einen Mann, der gerade dabei ist, die Blumen zu gießen. »Freddy, komm mal her, wir haben Kundschaft!«

Freddy schaut sich um und sieht die Kinder. Er kommt zu ihnen.

Sina hüpft das Herz in der Brust. Das ist doch *der* Freddy. Der Freddy, dem sie so unbedingt helfen wollen.

Der Vollzugsbeamte geht nach hinten zu den Gewächshäusern und lässt die Gruppe allein.

Freddy sieht ihm nach. Dann schaut er Sina an und senkt die Stimme: »Bist du nicht das kleine Mädchen von der Kirche?«

Sina nickt.

»Hast du meine Tochter gefunden?«

»In dem Kassiber steht doch gar nicht, wo wir sie finden!«, unterbricht Emma das Gespräch. »Außerdem ist alles ganz schlecht geschrieben!«

»Ich kann nicht richtig schreiben! Das habe ich nie gelernt!« Freddy ist das sehr peinlich. »Ich habe mir alle Mühe gegeben!«

»Was bedeutet AWR?«, will Hannes wissen

»AWR? AWR? Ach, du meinst Ava – so heißt meine Tochter!«

»Und wo wohnt sie?«, fragt Emma.

»Ich glaube, sie wohnt bei ihrer Mutter, gleich hier um die Ecke! Genau weiß ich das nicht. Sie sind umgezogen. Die beiden besuchen mich nie!«

»Und wie heißt sie mit Nachnamen?«

»Ich heiße Peters. Ava heißt aber Forstbauer, wie ihre Mutter: Hildegart Forstbauer!«

Emma schreibt schnell alles in ihr Handy. Sie will sichergehen, dass sie nichts vergisst.

»Sucht ihr Ava für mich?«

Emma nickt. »Ich habe alles notiert. Wir finden sie!«

»Ich habe Angst, dass Avas Mutter nicht erlaubt, dass sie zu mir kommt!«

»Wir schaffen das. Wir sind ›Die Guten‹!«, strahlt Linus zuversichtlich.

»Ich glaube, das klappt nicht.« Freddy schüttelt den Kopf.

»Mein Papa ist Pfarrer, der soll uns dabei helfen!«, sagt Emma.

»Dein Papa ist Pfarrer?« Freddy sieht Emma neugierig an.

»Ja, da bei der Kirche, wo ihr gesungen habt!«

»Was dein Papa da gesagt hat, war richtig gut, kann er nicht mal zu mir kommen?«

»Ich sage ihm Bescheid. Das macht er bestimmt!«

»Ich brauch jemanden, bei dem ich mich mal so richtig ausquatschen kann!« Einen Augenblick denkt Freddy nach, dann sagt er mit eindringlicher Stimme: »Mädchen, vergiss das nicht, das ist ganz wichtig!«

»Nein, das vergesse ich bestimmt nicht!«, gibt Emma zur Antwort. Dabei ist ihr ein bisschen mulmig zumute.

»Das ist ja großartig, da habt ihr ja den gefunden, den ihr gesucht habt!«, unterbricht Joachim das Schweigen. »Jetzt kauft ihr noch Blumen und bringt sie euren Eltern mit!«

Die vier Guten sind glücklich. Freddy sucht ihnen die schönsten Blumen aus und Else bezahlt sie. Nach einem so großen Abenteuer haben sie endlich Erfolg. Freddy ist gefunden. Jetzt müssen sie nur noch Ava finden. Hoffentlich erlaubt ihre Mama, dass sie Freddy im Gefängnis besucht.

Da wird ihnen schon was einfallen, denkt Sina. Schließlich sind sie die Guten.

SAHNEBONBONS

Im Pfarrhaus der Friedenskirche stehen alle in der Küche und schauen Emmas Vater zu. Er steht am Herd und hat Zucker, Sahne, zwei Tüten Vanillezucker und Honig vor sich aufgebaut. Den Zucker lässt er in die Pfanne rieseln und gießt die Sahne dazu. Zum Schluss gibt er noch die beiden Tüten Vanillezucker und den Honig hinein. Er macht den Herd an und rührt alles langsam und bedächtig um. Die süße Masse fängt an zu brodeln. Es riecht lecker nach Karamell. Andächtig stehen Emma, Linus, Hannes und Sina um ihn herum. Hannes atmet den Duft tief ein. Auch Sina schließt ihre Augen und genießt.

»So, jetzt müssen wir das Ganze so lange rühren, bis es sämig wird. Da haben wir Zeit. Am besten macht ihr es euch irgendwo gemütlich und erzählt mir alles.«

Pfarrer Friedrich steht am Herd und rührt die duftende Masse. Die vier Kinder setzen sich um den Küchentisch und erzählen, was sie erlebt haben. Dabei schauen sie ihm beim Rühren zu. Pfarrer Friedrich bekommt immer größere Augen. Als sie berichten, wie sie in dem Gang festsaßen, überlegt er kurz zu schimpfen, schweigt aber doch.

»Und was habt ihr jetzt vor?«, fragt er, als sie fertig sind.

»Wir suchen Ava Forstbauer oder Hildegard Forstbauer im Internet«, bestimmt Emma.

»Okay, und was wollt ihr dann machen?«

»Du rufst sie an! Jedes Kind hat das Recht, seinen Vater und seine Mutter zu kennen«, bestimmt Emma weiter.

»Vielleicht hat Avas Mama einen guten Grund, dass ihre Tochter ihren Vater nicht im Gefängnis besuchen soll! Ein Gefängnis ist kein Ort für Kinder!«

»Das sind Kinderrechte!«, behauptet Linus einfach.

»Ich weiß nicht ...«, zögert Pfarrer Friedrich. »Für die Mama von Ava, diese Frau Forstbauer, ist es bestimmt nicht leicht!«

»Auf jeden Fall hat Ava ein Recht auf die Wahrheit!«, erklärt Hannes.

»Das stimmt! Also gut, ich rufe diese Frau Forstbauer an und frage mal, was man da machen kann!« Die ganze Zeit rührt Pfarrer Friedrich die duftende Masse in der Pfanne um.

»Da gibt es noch etwas!« Emma ist immer noch nicht zufrieden.

»Was denn noch?« Eigentlich hat sich Pfarrer Friedrich auf einen freien Nachmittag gefreut.

»Du musst Freddy Peters im Gefängnis besuchen. Er möchte dir etwas erzählen.«

»So, er möchte mir etwas erzählen. Was denn?«

»Wissen wir nicht. Er hat gesagt, es ist ganz wichtig«, berichtet Hannes.

»Gut, dann werde ich morgen gleich einmal hinfahren! Jetzt suche ich erst einmal eine Ava Forstbauer oder besser ihre Mutter Hildegart Forstbauer im Internet. Vorher machen wir noch unsere Sahnebonbons. Linus, siehst du das Blech dort und den Pinsel? Streich damit bitte das Blech mit Butter ein.«

Linus nimmt den Pinsel und streicht das Blech

liebevoll ein. Hannes hält es fest, damit es nicht wackelt.

»So, jetzt stellt ihr das fertige Blech dahinten hin«, sagt Pfarrer Friedrich. Vorsichtig gießt er die sahnige Masse auf das Blech. Mit einem Holzspachtel streicht er alles glatt. »Jetzt muss das Ganze fest werden. Da haben wir jetzt wieder etwas Zeit. Ich suche mal nach der Adresse.« Pfarrer Friedrich nimmt sein Handy und sieht im Online-Telefonbuch nach.

Die Kinder warten und betrachten das Blech mit den flüssigen Sahnebonbons. Die werden bestimmt lecker!

Pfarrer Friedrich holt sich Zettel und Stift und notiert etwas. »Ich habe eine Nummer und die Adresse! Soll ich mal anrufen?«

Die Kinder nicken und sehen ihn erwartungsvoll an. Pfarrer Friedrich wählt. Emma steht schnell auf und stellt das Telefon auf laut. So hören die Kinder alles, was gesprochen wird.

»Forstbauer?«

»Hallo, hier ist Pfarrer Friedrich!«

»Ich will nichts von der Kirche!«

»Es geht auch gar nicht um die Kirche, es geht um Freddy Peters, den Vater Ihrer Tochter.« Pfarrer Friedrich lauscht. Es bleibt still. »Ich rufe im Auftrag Ihres Mannes an!«

Emma würde am liebsten im Erdboden versinken. Warum muss er gleich etwas von Freddy erzählen?

Am anderen Ende der Leitung ist es immer noch still. Nach einer Weile hört man die Stimme der Frau wieder: »Sind Sie ein Gefängnispfarrer oder so?«

»Nein, aber Ihr Mann möchte, dass seine Tochter ihn besucht!«, kommt Pfarrer Friedrich gleich zur Sache.

Emma beißt sich auf die Nägel. Das kann er doch nicht einfach so sagen. Sie haben ihm doch erzählt, dass Avas Mutter sie nicht zu ihm lassen will.

»Er ist nicht mein Mann!«, zischt die Frau.

Pfarrer Friedrich sucht die Taste, mit der man das Telefon leise stellen kann. Er findet sie nicht. »Ja, das weiß ich nicht so genau. Es gibt sicher einen Grund dafür, dass ihre Tochter nie ihren Vater besucht!«

Kaffee
Emma
HONIG
erste Sahne
Zucker

»Einen? Dafür gibt es tausend Gründe! Oder würden Sie wollen, dass Ihre Tochter einen Verbrecher besucht?«

Pfarrer Friedrich denkt: »Das stimmt, das würde ich nicht wollen.« Laut sagt er: »Weiß Ava denn, dass ihr Vater im Gefängnis ist?«

Im Hörer raschelt es merkwürdig. Endlich hört man die Stimme der Frau wieder: »Das geht Sie gar nichts an!«

Jetzt ist es Pfarrer Friedrich, der schweigt. Er weiß nicht, was er jetzt sagen soll.

»Wenn Sie es genau wissen wollen: Sie denkt, er ist als Matrose auf einer Kreuzfahrt! Das weiß auch der Herr Freddy Peters«, schluchzt die Frau ins Telefon.

»Meinen Sie nicht, dass Ihre Tochter ein Recht auf die Wahrheit hat?«

»Meine Tochter hat genug andere Probleme!« Jetzt hat sich die Frau wieder gefasst.

»Kann ich irgendwie helfen?«, fragt Pfarrer Friedrich.

»Wenn Sie Nachhilfe in Deutsch oder Mathe geben wollen ...«

Das will Pfarrer Friedrich nicht. Er hat andere Aufgaben. »Ich könnte jemanden suchen, der Ava Nachhilfe gibt!«

»Nein, danke, ich finde schon eine Lösung!«

Jetzt knackst es auf der anderen Seite und dann tutet es. Frau Forstbauer hat aufgelegt.

Pfarrer Friedrich stellt das Telefon zurück an seinen Platz und legt nachdenklich den Zettel mit der Adresse und der Telefonnummer daneben. »Ich besuche morgen diesen Freddy im Gefängnis. Dann sehen wir weiter!«

Die fünf schauen sich ratlos an. Das haben sie sich einfacher vorgestellt. Niemand weiß, wie es weitergehen soll.

»Ich weiß, was wir jetzt machen!«, unterbricht Pfarrer Friedrich die Stille.

»Was denn?«, will Sina wissen.

Pfarrer Friedrich lacht: »Wir essen leckere Sahnebonbons!«

ECHT JETZT?

Pfarrer Friedrich geht den kurzen Weg zur Garage, setzt sich ins Auto und fährt los. Ein paar Minuten später fährt er mit dem Auto die lange Straße zum Gefängnis hinauf. Kurz vor dem Eingang zum Gefängnis biegt er auf den Besucherparkplatz ab. Er parkt sein Auto in einer freien Lücke und stellt den Motor ab. Jetzt steht er direkt an der Gefängnismauer. Einen Moment bleibt er noch im Auto sitzen. Er schließt die Augen und betet. Freddy möchte mit ihm reden. Er möchte Freddy gut zuhören und alles richtig machen. Also betet Pfarrer Friedrich vor dem Gespräch: »Lieber Gott, bitte hilf mir, damit ich gut zuhören kann!« Er öffnet die Autotür und steigt aus. Sein Blick geht an der Mauer entlang zum Eingang. Ein großer schwarzer Vogel fliegt über die Mauer ins Gefängnis. Pfarrer Friedrich schaut ihm nach. Er geht zur Eingangstür und klingelt. Die Tür surrt und er kann eintreten. Er befindet sich in einem engen Raum direkt vor einer dicken Glasscheibe. Hinter der Scheibe sitzt ein Mann und schaut ihn an.

»Guten Tag! Ich bin Pfarrer Friedrich, ich habe angerufen. Ich möchte zu Freddy Peters.«

»Pfarrer Friedrich? Moment, ich muss mal auf meine Liste schauen.« Der Mann hinter der dicken Scheibe schaut auf seinen Bildschirm. »Stimmt, Sie sind angemeldet. Setzen Sie sich einen Moment hin. Sie werden gleich abgeholt und zu Herrn Peters gebracht!«

Kurze Zeit darauf sitzt Pfarrer Friedrich an einem Tisch aus Holz. Er ist allein. Sein Blick geht zum Fenster. Hinter dem Fenster sieht man ein stabiles Gitter. »Da kommt niemand raus!«, geht es ihm durch den Kopf. Kein schöner Ort! Etwas weiter weg sieht er den schwarzen Vogel auf einer Mauer sitzen. »Der kann fliegen, wohin er will«, denkt Pfarrer Friedrich.

Die Tür geht auf. Freddy kommt rein, nickt ihm kurz zu und setzt sich still auf den zweiten Stuhl. Beide schweigen eine Weile.

»Sind Sie Pfarrer Friedrich?«

»Ja, das bin ich!«

»Wir haben neulich bei Ihnen in der Kirche gesungen!«

»Ja, das stimmt!«

Eine Weile schaut Freddy Pfarrer Friedrich an. »Es ist alles so schwer!«

»Was ist so schwer?«

»Es ist alles furchtbar schwer!«

»Möchten Sie erzählen?«

»Ich habe Mist gebaut. Richtig viel Mist habe ich gebaut und jetzt weiß ich nicht, was ich tun soll!«

Pfarrer Friedrich schaut Freddy an. Er hofft, dass er alles erzählt. Erzählen macht das Herz leichter.

Eine ganze Weile sitzen die beiden Männer da und schweigen.

»Ich bin Pfarrer, ich darf nichts weitersagen«, unterbricht Pfarrer Friedrich die Stille. »Auch das schlimmste Verbrechen nicht!«

»Echt?«

»Ja, auch der Polizei nicht! Ich bete nur zu Gott und erzähle ihm alles. Aber der sagt nichts weiter!«

»Also gut, ich erzähle mal. Ava ist meine Tochter, die habe ich so lieb. Sie hat immer gesagt: Ich will reiten lernen. Ich möchte so gerne reiten lernen. Überall im Zimmer waren diese Pferdebilder. Immer hat sie alles über Pferde gesammelt. Alles musste mit Pferd sein: Der Turnbeutel, die Bettdecke, der Zahnputzbecher. Immer Pferd, Pferd, Pferd. Auf einmal war da diese Pferdefreizeit. Drei Wochen auf dem Pferdehof. Da wollte sie hin. ›Papa, darf ich da hin?‹, hat sie wieder und wieder gefragt. 3000 € sollte das kosten. Ich hatte das Geld doch gar nicht!«

»Das ist wirklich viel Geld. 3000 € für eine Freizeit!«, murmelt Pfarrer Friedrich.

»Ja, aber sie wollte da hin. Ich habe das dann meinem Kumpel erzählt. Der hat gesagt: Kein Problem, ich habe da einen Job. Da sind allemal 3000 € für dich drin. Alles, was du tun musst, ist Autofahren. Autofahren kann ich, habe ich gedacht. Er hat ein Auto besorgt und wir sind zur Sparkasse gefahren. Er hat sich eine Strumpfhose über den Kopf gezogen, eine Pistole in die Hand genommen und ist in die Bank gelaufen. Das konnte er, obwohl er an einer Hand nur zwei Finger hat. Ich habe im Auto auf ihn gewartet. Auf der Nase hatte ich eine dicke Sonnenbrille, damit man mich nicht erkennt. Einer hat mich doch erkannt. Deswegen bin ich jetzt im Gefängnis.«

»Und was ist dann passiert?«

»Stand doch alles in der Zeitung! Er ist aus der Bank rausgelaufen, hat das Geld auf den Rücksitz geworfen und sich ins Auto gesetzt. Ich hab sofort aufs Gaspedal getreten. Da war aber die Polizei schon da. Ich bin so schnell gefahren, wie ich konnte. Die Polizei immer hinterher! Aber ich war schneller!«

»Stimmt, davon habe ich in der Zeitung gelesen.«

»Als die Polizei nicht mehr zu sehen war, wollte mein Kumpel, dass ich anhalte. Er hat sich die Strumpfhose vom Kopf gerissen und ist ganz schnell ausgestiegen. Da habe ich im Rückspiegel schon wieder die Polizeiwagen gesehen und bin wieder aufs Gas. Später habe ich das Geld versteckt. Aber dann bin ich doch verhaftet worden. Einer hatte mich ja im Auto sitzen sehen!«

Pfarrer Friedrich schaut Freddy in die Augen: »Sie müssen das Geld zurückgeben. Es gehört Ihnen nicht!«

»Ich weiß, aber mein Kumpel sagt: Wenn du das machst, dann tue ich deiner Kleinen was an! Und wenn du meinen Namen verrätst, tue ich deiner Kleinen auch was an.« Freddy beginnt zu weinen. »Was soll ich nur machen? Meine Ava ist doch alles, was ich habe!«

»Tut es Ihnen leid, was Sie getan haben?!«

»Ich würde das nie mehr machen! Aber was nützt mir das? Gar nichts! Ich kann es ja nicht ändern!«

»Doch, das nützt etwas!«

»Und was?«

»Gott vergibt Ihnen, was Sie getan haben, wenn es Ihnen leidtut!«

»Echt?«

»Ja, echt!«

»Glaub ich nicht. Was ich getan habe, das kann man mir nicht vergeben!«

»Kennen Sie die Geschichte vom Pharisäer und Zöllner?

»Was für eine Geschichte?«

»Ach egal ... Was einem von Herzen leidtut, das vergibt Gott! Da können Sie sich ganz sicher sein.«

»Echt jetzt? Wie geht das?«

»Gibt es hier eine Kirche? Da gehen wir hin.«

Tatsächlich gibt es im Gefängnis eine richtige Kirche mit einem Altar, einem Kreuz und Bänken, auf die man sich setzen kann. Dorthin werden sie von einem Aufseher gebracht. In der Kirche sind sie wieder allein.

Pfarrer Friedrich steht vor dem Altar. Freddy kniet sich auf ein Polster auf der Stufe zum Altar.

Pfarrer Friedrich schaut Freddy an und sagt: »Tut es dir leid, was du getan hast und willst es wiedergutmachen?«

»Ja, das möchte ich«, schluchzt Freddy.

»Glaubst du, dass ich dir im Namen Jesu Christi deine Schuld vergeben darf?«

»Ja, das glaube ich!«

»Möchtest du, dass dir im Namen Jesu alle deine Schuld vergeben wird?«

»Ja, das möchte ich!«

Pfarrer Friedrich legt seine Hände auf den Kopf von Freddy, segnet ihn und spricht feierlich: »Dir ist alle deine Schuld erlassen!«

1001

Freddy steht wieder auf. Die beiden schweigen.

Nach einer Weile sagt Pfarrer Friedrich: »Jetzt sind alle Sünden weg!«

»Echt jetzt? Alle?«

»Ja, echt alle!«, antwortet Pfarrer Friedrich.

»Auch der Bankraub?«

»Auch der Bankraub!«

Freddy schaut Pfarrer Friedrich lange an. Eine Träne läuft ihm über die Wange. Seine Augen strahlen. Pfarrer Friedrich öffnet seine Arme und drückt ihn fest an sich.

»Danke, lieber Gott!«, schluchzt Freddy. Dann sagt er: »Sie dürfen wirklich nichts sagen?«

»Nein, das ist für mich verboten!«

»Das Geld liegt unter einem Steinhaufen in den Gängen von St. Georgen. Da habe ich es vergraben, bevor ich verhaftet wurde. Ich habe schon eine Idee, wie ich das Geld wieder zurückbringen kann, ohne dass mein Kumpel meiner Ava etwas antut!«

Von dieser Idee erzählt Freddy Pfarrer Friedrich nichts. Das ist auch gut so, denn sonst hätte Pfarrer Friedrich sich furchtbar viele Sorgen um Emma und ihre Bande gemacht.

EINE SCHNELLE FLUCHT

Emma hat gesehen, wie ihr Papa den kleinen Weg zur Garage gegangen ist und sich ins Auto gesetzt hat. Sie weiß zwar nicht, wohin er gefahren ist, aber sie ahnt es: zu Freddy ins Gefängnis.

Ihre Mama ist noch in der Schule und gibt Nachmittagsunterricht. Es ist ganz still im Haus. Emma hört den Zeiger der großen Uhr über dem Esszimmertisch. Jedes Mal, wenn er weiterrückt, klickt es leise. Sie ist allein. Emma mag es gar nicht, wenn sie allein ist. Sie schaut sich im Zimmer um. Da fällt ihr Blick auf das Telefon. Neben dem Telefon liegt immer noch der Zettel mit der Nummer und der Adresse von Ava. Langsam geht sie hin und nimmt den Zettel in die Hand. Ava Forstbauer, Matrosengasse 5, steht dort. Es klingelt an der Haustür. Mit dem Zettel in der Hand geht sie zum Eingang. Sie darf die Tür nicht einfach aufmachen. Zu einem Pfarrhaus kommen alle möglichen Leute. Vorsichtig schaut sie durchs

Fenster. Sie will wissen, wer dort steht. Da sieht sie die schwarzen Haare von Hannes.

»Das ist gut«, denkt sie. »Ich bin nicht mehr allein!« Schnell öffnet sie die Tür und strahlt Hannes an.

»Das geht nicht!«, sprudelt es aus Hannes raus, während er sich an ihr vorbei in die Wohnung drückt.

»Was geht nicht?«

»Die Mama von Ava *muss* ihr erlauben, ihren Papa zu sehen!« Hannes ist voll in Fahrt.

»Woher weißt du das?«

»Von meinem Papa. Jedes Kind hat das Recht, seine Mama und seinen Papa zu sehen!«

»Aber wenn sie es nicht erlaubt?«

»Sie muss es erlauben!« Hannes ist sich sicher.

»Was willst du denn tun?«, will Emma wissen.

»Wir müssen etwas unternehmen! Wir fahren dorthin!«

»Okay, ich habe hier die Adresse von Ava!« Emma zeigt Hannes die Adresse.

»Mein Papa sucht das immer im Handy. Ich versuch das auch mal!« Hannes holt sein Handy und tippt ein: »MATROSENGASSE 5«. Auf der Karte leuchtet ein Punkt auf. »Da, guck mal, das ist ganz nah beim Gefängnis!«

»Zeig mal!« Emma schaut Hannes über die Schulter: »Echt, stimmt! Ganz nah beim Gefängnis!«

»Wie es in Freddys Brief stand! Und Ava denkt die ganze Zeit, er arbeitet auf einem Kreuzfahrtschiff! Das ist gemein!« Hannes ist richtig sauer.

Eine Weile sind die beiden Kinder still. Schließlich unterbricht Hannes das Schweigen. »Denkst du, was ich denke?«

»Das ist ein Fall für ›Die Guten‹!«, antwortet Emma.

»Das ist ein Fall für ›Die Guten‹!«, bestätigt Hannes.

Emma hat sofort einen Plan: »Wir holen Linus und Sina, fahren zu Ava in die Matrosengasse, geben ihr den Brief von ihrem Papa und erzählen ihr alles!«

»Und wenn sie nicht da ist, stecken wir den Brief in ihren Briefkasten«, ergänzt Hannes.

»Genau, das machen wir. Dazu schreiben wir

unsere Nummer, damit sie uns anrufen kann, falls sie etwas nicht versteht!«

Kurze Zeit darauf sitzen die Guten im Bus. Als er am Gefängnis vorbeifährt, sieht Emma das Auto ihres Papas dort stehen. Ob er wohl gerade mit Freddy redet?

Zwei Stationen später steigen die Kinder aus und machen sich auf die Suche nach der Matrosengasse. Vor einem großen Haus mit mehreren Wohnungen bleiben sie stehen. Es gibt am Eingang viele Briefkästen und viele Klingeln mit Namenschildchen. Die Kinder fahren mit ihren Zeigefingern einen Namen nach dem anderen ab und lesen. Irgendwo muss »Forstbauer« stehen.

»Da ist es!« Emma hat das richtige Schild gefunden und klingelt.

Ein Knacken ist zu hören. Aus einem Lautsprecher neben der Tür erklingt eine Stimme. »Wer ist da bitte?«

»Hier ist Emma, ich möchte zu Ava!«

»Ava ist nicht zu Hause! Sie ist noch im Hort.«

»Können wir hochkommen und auf Ava warten?«, fragt Emma.

»Was wollt ihr denn von Ava?«, krächzt die Stimme.

Emma schaut ihre Freunde hilflos an und flüstert: »Was wollen wir von Ava?«

»Sag, dass wir ihr einen Brief geben wollen«, flüstert Hannes zurück.

»Wir wollen ihr einen Brief geben!«, sagt Emma laut.

»Von wem ist der Brief?«, fragt die Stimme aus dem Lautsprecher.

Wieder schaut Emma ihre Freunde an.

»Wir möchten mit Ihnen reden! Dürfen wir hochkommen?«, fragt Hannes einfach. Er will endlich mit der Frau sprechen, die ihrer Tochter verbietet, ihren Vater zu sehen.

»Na gut, dann kommt mal hoch!«, ertönt es etwas freundlicher aus dem Lautsprecher.

Die Tür surrt, die Guten drücken dagegen und laufen die Treppe hoch. In jedem Stockwerk schauen sie kurz, ob eine Tür offen steht. Endlich, im vierten Stock, sehen sie eine Frau im Eingang ihrer Wohnung stehen.

»Hallo, das sind Hannes, Linus und Sina. Ich

bin die Emma!« Emma versucht so höflich wie möglich zu sein.

»Na gut, dann kommt mal rein!«

Die vier Guten gehen durch die Eingangstür in die Wohnung. Jetzt stehen sie in einem engen Flur. Weiter dürfen sie nicht.

»Von wem ist denn jetzt der Brief?«

»Von Freddy Peters, Avas Papa!«

Das Gesicht von Frau Forstbauer wird bleich: »Wir wollen keine Briefe von Herrn Peters. Wir haben genug Probleme! Er soll uns in Ruhe lassen!« Ihre Augen sind ganz schmal geworden. Sie hält sich an der Wand fest. »Er soll bleiben, wo er ist!« Bei den letzten Worten zittert ihre Stimme.

»Darf Ava nicht mal den Brief lesen?«, stottert Emma.

»Herr Peters hat eine Bank ausgeraubt, er ist ein Verbrecher!«, stößt sie hervor. »Wir wollen nichts mehr von ihm wissen!«

Emma will etwas sagen, aber sie weiß nicht was. Zum Glück gibt es Hannes.

»Es ist ein großes Unrecht, dass Ava ihren Papa nicht sehen darf!«, widerspricht er.

Frau Forstbauer schaut Hannes entsetzt an: »Ich glaube, es ist besser, wenn ihr jetzt geht! Ich habe genug davon. Da hat gestern schon einer angerufen! Ein Pfarrer oder so.« Ihre Stimme überschlägt sich fast.

»Das war mein Papa!«, flüstert Emma.

»Das reicht!«, schreit Avas Mutter. »Jetzt werden schon Kinder geschickt. Dieser Pfarrer geht wirklich zu weit! Geht jetzt! Haut bloß ab, oder soll ich euch Beine machen?«

Sina hat so viel Schimpfe noch nie erlebt. Sie dreht sich um und rennt die Treppen runter. Emma und Linus folgen ihr, so schnell sie können. Nur Hannes steht noch im Eingang zur Wohnung. Er wiederholt, was er eben schon gesagt hat: »Jedes Kind hat das Recht, seinen Papa oder seine Mama zu sehen!« Wenn er etwas richtig findet, findet er es richtig.

»Wenn du nicht gleich weg bist, kannst du etwas Furchtbares erleben!«, brüllt die Frau.

Das ist der Moment, wo auch Hannes die Flucht antritt. Er will eigentlich nichts Furchtbares erleben.

Die vier Guten rasen die Treppe runter, aus dem Haus raus und die Straße entlang. Sie wollen nur weg. Ganz vorne läuft Linus. Sina wird ein bisschen abgehängt. Sie kann noch nicht so schnell rennen, schließlich ist sie die Kleinste. Erst an der Bushaltestelle bleiben sie stehen. Linus stemmt seine Hände auf die Knie und schnauft schwer. Hannes wirft sich auf die Bank, Emma atmet laut. Sina kommt als Letzte angerannt.

»Die ist ja verrückt!« Hannes ist entsetzt.

»Die hätte uns ja beinah umgebracht!« Sina zittern die Knie.

Allmählich bekommen die vier wieder Luft und werden ruhiger.

»Und was machen wir jetzt?«, fragt Linus ratlos. »Da haben wir doch keine Chance!«

»In den Briefkasten brauchen wir den Brief auch nicht zu stecken. Dann bekommt Ava ihn doch nie zu sehen!«

»Wir müssen ihn gar nicht in den Briefkasten stecken. Wir geben ihn in Avas Hort ab. Ihre Mama hat uns doch selbst gesagt, dass Ava noch dort ist. Bestimmt ist es der hier an der Schule in

St. Georgen. Den kenn ich. Ich war da mal in den Ferien. Das ist gleich hier um die Ecke.«

Linus macht mit den Fingern ein V. Sein Papa hat gesagt, dass das »Sieg« bedeutet: »Wir sind ›Die Guten‹, wir finden immer einen Weg!«

Emma hat sich längst umgedreht und marschiert voraus in Richtung Hort.

AVA

Ava sitzt am Tisch. Sie kaut auf ihrem Füller und hat ihre rotblonden Haare wie eine Gardine vor ihr Gesicht gezogen. Sie ist die Letzte, die noch an den Hausaufgaben sitzt. Deutsch und Mathe fallen ihr immer besonders schwer.

In der Tür steht eine junge Frau und beobachtet sie. Es ist Sabrina, ihre Erzieherin: »Ava, wie weit bist du?«

Ava pustet ihre Haare weg und dreht sich um.

»Ich mag nicht mehr. Das ist zu viel!«, jammert sie.

»Da sind Kinder draußen, die wollen dir einen Brief geben!«

Ava fallen gar keine Kinder ein, die ihr einen Brief geben könnten.

»Komm bitte, sie wollen ihn nur dir geben. Danach machst du deine Hausaufgaben weiter«, fordert Sabrina sie auf.

Ava ist neugierig. Was mag das nur für ein Brief

sein? Sie selbst hat niemandem einen Brief geschrieben. Sie wirft ihre langen Haare nach hinten und folgt Sabrina zum Eingang. Hinter der Glastür sieht sie vier Kinder stehen.

Sabrina öffnet die Tür und sie kommen rein. Emma hält den Brief in ihrer Hand.

»Ihr dürft kurz den Brief übergeben, aber dann müsst ihr wieder gehen«, sagt Sabrina. »Ava muss noch ihre Hausaufgaben machen!«

Emma läuft sofort auf Ava zu und drückt ihr den Brief in die Hand. Dann legt sie ihr den Arm um die Schulter und flüstert ihr ins Ohr: »Der Brief ist von deinem Papa. Lies ihn dir durch. Wenn du Fragen hast, ruf uns einfach an. Wir haben dir unsere Nummer aufgeschrieben!«

Avas Knie werden weich. »Ein Brief von Papa? Der ist doch auf Kreuzfahrt!«

Sabrina, die Erzieherin spitzt die Ohren. Sie würde gerne wissen, was Emma flüstert. Sie versteht aber nichts. »So, jetzt habt ihr den Brief übergeben. Jetzt muss Ava ihre Hausaufgaben machen.«

Die vier Guten haben verstanden. Es ist sowieso

schon spät und sie haben noch einen weiten Weg nach Hause vor sich. Die Tür fällt hinter ihnen ins Schloss.

Ava hält den Brief in der Hand. Ein Brief von Papa! Eine Träne läuft über ihre Wange. Sabrina sieht die Träne nicht. Sie macht sich viel mehr Sorgen um die Hausaufgaben von Ava.

»Geh bitte wieder und mach weiter. Am besten, du gibst mir den Brief. Du bekommst ihn, wenn du alle Aufgaben geschafft hast. Sonst wirst du ja nie fertig.«

Zögernd hält Ava Sabrina den Brief hin. Hoffentlich bekommt sie ihn zurück.

Kurz darauf sitzt sie wieder vor ihren Hausaufgaben. Sie möchte schnell fertig werden. Das geht gar nicht so einfach. Dazu hat sie viel zu viele Gedanken. Warum schreibt ihr Papa erst jetzt? Wieso ist er so lange auf Kreuzfahrt? Haben Matrosen denn nie Urlaub und vor allem: Was steht in dem Brief drin und wer sind diese vier Kinder?

Sie schaut auf das Arbeitsblatt, das vor ihr liegt. So wird sie nie fertig und sie bekommt den Brief nie zu lesen. Also beschließt sie, alles so gut es geht auszufüllen. Sollen doch ein paar Fehler drin sein. Egal, Hauptsache, sie kann endlich den Brief lesen. Ihr Füller huscht über das Papier.

»Na, du bist ja richtig schnell geworden!« Sabrina steht hinter ihr und sieht über ihre Schulter. »Komm, ich stecke es in deine Tasche. Hier hast du den Brief!«

Ava hält den Brief in ihrer Hand. Sie schluckt. Nach zwei Jahren der erste Brief von Papa. Sie steht auf und verlässt den Hausaufgabenraum. Sie will in die Kuschelecke. Da ist sie allein. Niemand soll sie stören. Später will sie den Brief ihrer Mama zeigen. Was die wohl dazu sagen wird?

In der Kuschelecke ist Ava wirklich ganz allein. Der Umschlag ist nicht verschlossen. Vorsichtig zieht sie den Brief heraus. Die Buchstaben tanzen vor ihren Augen hin und her. Was steht da – Kass Bär? Ava sieht ratlos auf Freddys Buchstaben. Da ist noch ein Blatt! Das Blatt stammt von Hannes. Er hat den Brief noch einmal aufgeschrieben, sodass man ihn lesen kann. Langsam entziffert Ava die Sätze. Sie kann noch nicht so gut lesen. Sie bekommt einen Schreck. Ihr Papa ist gar nicht auf Kreuzfahrt! Er ist im Gefängnis. Er hat für sie eine Bank überfallen. Warum? Das wollte sie doch gar nicht. Weiß ihre Mama das? Warum erzählt ihr das niemand?

»Ava? Ist alles gut bei dir?« Sabrina schiebt den Vorhang vor der Kuschelecke zur Seite.

Ava antwortet nicht.

»Ava, weinst du?«

Ava antwortet mit einem Schluchzen.

»Ich komm mal zu dir.«

Vorsichtig krabbelt Sabrina zu Ava in die Kuschelecke. Das ist gar nicht so leicht. Die Kuschelecke ist für Kinder und nicht für Erwachsene gemacht.

Ava zeigt Sabrina den Brief und die beiden reden lange miteinander. Es ist gut, so eine Erzieherin wie Sabrina zu haben.

Am Ende haben die beiden einen Entschluss gefasst. Ava wird alles mit ihrer Mutter bereden und dann die Guten anrufen.

Endlich ist es so weit. Der Hort ist aus und sie geht nach Hause.

Avas Mama wartet schon mit dem Abendbrot auf sie. Sie sitzen zusammen am gedeckten Tisch. Ava ist der Appetit vergangen.

»Ava, geht es dir gut? Du isst ja gar nichts! Gleich muss ich noch mal los zum Arbeiten, dann musst du allein essen«, mahnt ihre Mama.

»Mama, wann kommt Papa von der Kreuzfahrt zurück?« Ava schaut ihre Mama mit großen Augen an.

»Das weiß ich nicht. So eine Kreuzfahrt kann lange dauern!«

»Zwei Jahre? Hat er denn nicht auch mal Urlaub und kann uns besuchen kommen?«

»Wie kommst du jetzt darauf?«

»Ich will wissen, wo Papa wirklich ist!«

»Auf der Kreuzfahrt, habe ich doch gesagt!« Mama schaut auf die Uhr und sagt: »Können wir darüber morgen reden? Ich muss jetzt zum Putzen gehen!«

»Ich glaube, er ist im Gefängnis!«, nuschelt Ava.

»Was hast du gesagt?« Avas Mama wird ganz blass.

»Ich glaube, dass er im Gefängnis ist!«, sagt Ava jetzt laut und deutlich. Als kleines Kind hat sie ihrer Mama immer alles geglaubt. Jetzt weiß sie gar nicht mehr, was richtig ist.

»Ich muss jetzt wirklich los, sonst bekomme ich furchtbar Ärger auf der Arbeit. Können wir das ein andermal besprechen?« Der Mutter stehen die Tränen in den Augen. Sie wollte Ava doch nur beschützen.

Ava überlegt kurz, ob sie den Brief zeigen soll. Aber dazu ist jetzt keine Zeit. Gleich ist Mama weg und kommt erst wieder, wenn sie schläft. Wenn was ist, kann sie zur Nachbarin gehen. Avas Mama zieht den Mantel über. Ava sitzt immer noch am Esstisch.

Mama kommt noch mal zurück und kniet sich vor sie hin. »Ich komm erst spät zurück. Wir reden morgen nach dem Hort in Ruhe darüber. Okay?« Dabei schaut sie ihr direkt in die Augen. Dann steht sie auf und geht zur Arbeit.

Ava ist allein. Sie läuft zum Telefon. Sie wählt die Nummer von dem Brief. Auf der anderen Seite hebt jemand ab.

»Pfarrer Friedrich, Friedenskirche«, tönt es auf der anderen Seite sehr amtlich.

Beinahe hätte Ava wieder aufgelegt.

»Hallo, hier ist Ava!«

»Ava, was kann ich für dich tun?« Die Stimme klingt auf einmal ganz freundlich. Ava nimmt den Brief zur Hand und schaut auf die Unterschrift.

»Ich möchte ›Die Guten‹ sprechen. Emma oder so!«

»Warte, ich hole sie dir!«

Kurz darauf ist Emma am Telefon. »Hier ist Emma!«

»Hallo, hier ist Ava!«

»Toll, dass du anrufst! Wir wissen, wie du deinen Vater treffen kannst.«

»Ist er echt im Gefängnis? Wie kann ich ihn da treffen? Da kann man doch nicht rein!«

»Wir holen dich morgen vom Hort ab und dann bringen wir dich zu ihm!«

Ava schluckt. »Okay!«

»Wie lange bist du denn morgen da?«

»Um 16.00 Uhr darf ich nach Hause gehen.«

»Super, wir kommen dann! Morgen siehst du deinen Papa wieder!«

Ava legt den Hörer auf. Sie schaut aus dem Fenster raus. Eine Träne läuft über ihre Wange.

Morgen sieht sie ihren Papa wieder!

DAS WIEDERSEHEN

Auf dem Parkplatz der Gefängnisgärtnerei steht ein altes klappriges Auto. In dem Auto sitzt ein Mann. An seiner rechten Hand fehlen drei Finger. Mit den beiden übrigen Fingern hält er eine Zigarette. Manchmal bläst er Ringe in die Luft. Er sucht seinen alten Kumpel Freddy. Jemand aus dem Gefängnis hat ihm gesteckt, dass der jetzt in der Gärtnerei arbeitet. Der Aschenbecher in seinem Auto läuft über. Er drückt die Zigarette aus und legt sie oben drauf. Sie fällt runter zu den anderen Kippen.

»Wollen doch mal sehen, was die Blumen hier kosten!«, grinst er und steigt aus dem Auto. Eigentlich will er keine Blumen kaufen. Er will seine Beute. Er will das Geld vom Bankraub.

Langsam schlendert er über den Parkplatz. An der Ausfahrt bleibt er stehen. Fünf Kinder laufen an ihm vorbei, zwei Jungs und drei Mädchen. Die mit den rotblonden Haaren kennt er doch! Ist das nicht die Kleine von Freddy? Langsam schlendert er ihnen hinterher. Sie laufen vor ihm in die Gärtnerei. Er bleibt stehen. »Wollen doch mal sehen, was die hier wollen.« Er versteckt sich hinter einem Baum.

Emma läuft vorneweg direkt in den Laden der Gärtnerei hinein. Die vier Kinder folgen ihr. Jetzt stehen sie alle im Laden.

»Hallo, ist der Freddy Peters da?«, fragt Emma.

»Der ist draußen und gießt die Blumen«, antwortet der Mann an der Kasse. »Ihr seht ihn gleich, wenn ihr aus der Tür rausgeht.«

Die fünf Kinder laufen wieder raus, schauen suchend über die Blumenbeete und entdecken Freddy. Ava bleibt wie angewurzelt stehen. Dort steht ihr Papa. Sie sieht ihn seit zwei Jahren das erste Mal. Freddy beugt sich gerade über eine wunderschöne Rose und gießt sie ganz vorsichtig. Konzentriert wendet er sich der nächsten zu. Emma zupft Ava am Arm. Sie soll mitkommen. Die Kinder schleichen sich vorsichtig an. Freddy ist ganz mit seinen Blumen beschäftigt. Er sieht nicht, was hinter ihm passiert. Jetzt hören die Kinder, wie er mit sanfter

Stimme zu den Blumen spricht: »Ja, ihr seid meine Blumenkinder! Hast du Durst? Hier hast du was zu trinken. Und du, was ist mit dir? Du siehst ja ganz traurig aus. Ich habe nicht nur Blumenkinder, sondern auch ein richtiges Kind. Eine kleine Tochter. Tut mir leid, die habe ich noch mehr lieb, als ich euch lieb habe. Eines Tages sehe ich sie wieder und das wird ein ganz großes Fest.«

Emma nimmt Ava an den Schultern und stellt sie direkt hinter Freddy.

»Hallo, Freddy«, sagt sie. »Schau mal, wen wir da mitgebracht haben.«

Langsam dreht sich Freddy um. Zuerst sieht er Emma. Aber dann fällt sein Blick auf Ava. Freddy reißt seine Augen auf. »Ava?«

Ava schaut ihren Papa genauso mit großen Augen an. Er sah früher so anders aus. Aber er ist es. Das weiß sie sofort. »Papa?«, fragt sie schüchtern.

Freddy öffnete seine Arme und Ava läuft auf ihn zu und drückt sich ganz fest an ihn. »Ja, ich bin dein Papa!«

»Papa, Papa, mein Papa«, schluchzt Ava immer wieder.

Jetzt fängt auch Freddy an zu weinen. »Ava ... Ava, meine liebe Ava!«

Die vier Guten stehen daneben und schauen zu.

Emma bringt kein Wort raus, so freut sie sich.

Linus reckt die Hand in die Luft und macht das Siegeszeichen. »Wir sind gut!«, sagt er leise. »Wir sind richtig gut!«

»Kommt, wir setzen uns!«, meint Hannes und zeigt auf eine Bank. »Das kann ja ewig dauern!«

Emma, Hannes und Sina setzen sich. Nur Linus bleibt stehen.

Jetzt wendet sich Freddy den Kindern zu. »Danke, danke, Mensch, seid ihr gut!«

»Ja, so sind wir!«, grinst Linus.

»Ich dachte immer, dass du als Matrose auf einer Kreuzfahrt bist«, erklärt ihm Ava.

»So eine lange Kreuzfahrt gibt es doch gar nicht!« Freddy wuschelt ihr zärtlich durch die Haare. »Irgendwann hat jeder Matrose Urlaub!«

»Die Mama hat das gesagt und ich habe es ihr geglaubt. Warum belügt sie mich?«

»Du darfst ihr nicht böse sein. Ich habe eine ganz große Dummheit gemacht.«

»Ich weiß, du hast eine Bank überfallen!«

»Ja, das habe ich. Vielleicht will sie nicht, dass du mich siehst, weil ich so schrecklich bin. Du sollst nicht so was machen wie ich!«

»Ich überfalle doch keine Bank!« Ava kann sich das nicht vorstellen.

Freddy lacht. »Das hoffe ich! Und ich mach so was auch nie wieder.«

So reden sie bestimmt noch eine halbe Stunde. Ava muss alles erzählen, was sie erlebt hat, und Freddy verspricht, nie wieder ein Verbrechen zu begehen.

Hinter dem Baum am Eingang zur Gärtnerei steht der Mann mit den zwei Fingern und raucht eine Zigarette und denkt sich: »Was die da wohl treiben? Wenn ich seine Kleine in die Finger kriege, bekomme ich auch die Beute.«

Freddy hat Ava auf den Arm genommen, wo sie sich glücklich an ihn kuschelt. Jetzt setzt er sie wieder auf den Boden und wendet sich den Kindern auf der Bank zu. »Hey, ihr Guten, könnt ihr mir nicht noch mal helfen? Das wäre echt gut! Ich habe doch noch die Beute. Ich will die nicht mehr. Könnt ihr die nicht holen und zur Polizei bringen? Ihr müsstet so tun, als wenn ihr das Geld einfach so gefunden habt. Ohne etwas von mir zu erzählen. Wenn ich selbst verrate, wo das Geld ist, passiert meiner Kleinen was!« Freddy deutet auf Ava.

»Wir müssen es unbedingt der Bank zurückbringen. Das Geld gehört der Bank.« Hannes nickt.

»Das ist es ja. Ich möchte es zurückgeben.« Freddy muss an sein Gespräch mit Pfarrer Friedrich denken. Gott hat ihm vergeben, jetzt will er es auch vor den Menschen wiedergutmachen.

»Wo ist das Geld denn?«, will Emma wissen.

»Ich habe es versteckt!«, antwortet Freddy.

»Und wo hast du es versteckt?«, will Linus wissen.

»Kommt mal mit!«

Freddy geht zusammen mit den Kindern in den hinteren Teil der Gärtnerei. Er bleibt vor dem Eingang zu den unterirdischen Gängen stehen. »Dahinten ist es versteckt«, flüstert er leise. »Wenn man da runtersteigt, kommt bald ein Haus. Da ist ein großer Steinhaufen. Da liegt es drunter.«

Die Guten wissen sofort Bescheid. Die Beute ist leicht zu holen. Das muss das Haus von Else und Joachim sein.

Voller Tatendrang laufen sie los, vorbei an dem finsteren Mann, der sich schnell hinter den Baum duckt. Freddy schaut ihnen nach. Da bekommt er einen Schreck. Ava ist auch mitgelaufen. Sie darf doch nicht dabei sein! Sonst passiert ihr noch etwas. Er ruft ihr nach, aber Ava hört ihn nicht mehr. Sie will auch dabei sein. Sie will ihrem Papa auch helfen. Vor allem möchte sie auch zu den Guten gehören.

Der Mann mit den zwei Fingern hinter dem Baum zieht an seiner Zigarette, schnalzt mit der Zunge und grinst. »Wenn die nicht zu meiner Beute laufen, fress ich einen Besen! Mit großen Schritten nimmt der Zweifingermann die Verfolgung auf.

DIE BEUTE

Die Guten laufen so schnell sie können die Straße entlang. Vor dem Haus von Else und Joachim bleiben sie stehen und Emma klingelt. Der Zweifingermann bleibt am Hauseingang des Nachbarhauses stehen und beobachtet sie von Weitem. Niemand öffnet die Tür.

»Klingel noch mal, vielleicht haben sie es nicht gehört!« Linus will unbedingt die Beute finden und sie zur Polizei bringen. Vielleicht kommen sie in die Zeitung. Er sieht schon die Überschrift: »›Die Guten‹ stellen Beute von einem Bankraub sicher!«

Emma klingelt ein zweites Mal. Wieder passiert nichts.

»Die sind nicht da!«, sagt sie enttäuscht. »Was machen wir jetzt?«

»Wir gehen noch mal zu meinem Freund Farhad ins Pfarrhaus von St. Georgen. Von dort laufen wir durch den Gang bis zu dem Haus von Else und Joachim!« Linus lässt sich von nichts mehr aufhalten. Er will die Beute!

»Ich geh da nicht noch mal rein!« Sina verschränkt trotzig ihre Arme.

»Ist mir doch egal!« Mit diesen Worten läuft Linus los. Die anderen haben keine andere Wahl, als ihm zu folgen.

Emma, Hannes, Sina und Ava müssen sich beeilen, um mit ihm Schritt zu halten.

In einigem Abstand läuft der Zweifingermann hinter ihnen her.

Beim Pfarrhaus von St. Georgen klingelt Linus sofort. Als Sina und Ava ankommen, ist die Tür schon offen.

Der riesige Farhad steht vor ihnen. In der Hand hat er wieder den Handball. »Hallo, wie geht es euch?«, fragt er freundlich.

Aber Linus hat jetzt keine Zeit zum Reden. »Wir wollen noch mal in den Gang! Wir haben da etwas vergessen!«, ruft Linus. Irgendwie stimmt das ja auch.

»Okay, dann kommt mal rein. Ihr wisst ja, wo es langgeht.«

Einer nach dem anderen läuft an Farhad vorbei und verschwindet im Keller. Sina und Ava sind die Letzten. Eigentlich wollen sie gar nicht mit, aber allein bei Farhad bleiben, das trauen sie sich auch nicht. Als alle im Gang sind, macht Farhad die Haustür zu.

Der Zweifingermann steht vor der verschlossenen Tür. Er kratzt sich am Hinterkopf. »Was mach ich bloß?«, denkt er. Er klingelt genauso wie Linus.

Wieder öffnet der riesige Farhad. »Kann ich Ihnen helfen?«, fragt er.

»Ja, ich gehöre zu den Kindern«, lügt der Mann. »Ich muss auf sie aufpassen. Wo sind sie denn hin?«

»Sie sind in die Gänge von St. Georgen. Ich zeige Ihnen den Weg.« Farhad führt den Zweifingermann zur Kellertür.

Die Guten sind schon ein Stück weiter. Vorsichtig tasten sie sich durch den dunklen Gang. Emma ist die Einzige, die ein Licht hat. Es ist die Taschenlampe ihres Handys. Trotzdem kommen sie gut vorwärts. Schließlich sind sie schon zum zweiten Mal dort. Emma hat Ava an ihre Hand genommen. Sina ist die Letzte und geht allein. Sie ärgert sich. Die Großen wissen doch, dass sie sich fürchtet! Sina darf sich nicht abhängen lassen. Unruhig folgt sie dem Licht von Emmas Handy. Etwas anderes bleibt ihr gar nicht übrig. Die anderen sind furchtbar schnell. Das Licht wird immer kleiner. Sie laufen ihr weg. Können sie nicht mal auf sie warten? Allein sieht sie doch nichts! Plötzlich hört sie ein Geräusch hinter sich. Sina bleibt erschrocken stehen und schaut zurück. Da ist ein Licht. Ist da etwa jemand?

Ja, da ist jemand. Der Mann mit den zwei Fingern.

Sina lauscht. Jetzt hört sie schwere Schritte und hört auch das Selbstgespräch, das der Zweifingermann führt. Er hat eine raue, harte Männerstimme. Sina bleibt fast das Herz stehen.

»Ihr kleinen Bastarde kommt wie gerufen. Ihr führt mich zur Beute, und wenn ich sie habe ... Tja, wenn ich sie habe ...!«

Das Licht des Verbrechers kommt immer näher. Jetzt ist es nur noch etwa zehn Meter von Sina

entfernt. Wieder beginnt der Zweifingermann zu sprechen: »Tja, wenn ich die Beute habe, ihr kleinen Bastarde, dann sperr ich euch hier ein und ihr könnt verrotten und verhungern.«

Sina drückt sich fest hinter eine Mauer. Jetzt ist das Licht direkt vor ihr. Schnell macht sie die Augen zu. Sie sollen das Licht nicht reflektieren. Sie versucht leise zu atmen.

»Was war das?«, hört sie den Zweifingermann reden. »Da waren doch zwei Augen?« Der Zweifingermann beginnt alles auszuleuchten.

Sina stockt der Atem. Fest presst sie die Augen zu.

»War wohl doch nur Einbildung! Ich gehe besser weiter, sonst finde ich die kleinen Biester nicht mehr!« Der Mann läuft weiter. Er läuft direkt an Sina vorbei. Sina drückt sich gegen die Mauer. Da spürt sie seine Jacke in ihrem Gesicht. Er geht weiter. Allmählich werden seine Schritte leiser.

Vorsichtig öffnet Sina die Augen wieder. Sie atmet erleichtert aus. Der Mann ist an ihr vorbeigelaufen. Was soll sie nur tun? In der Finsternis kann sie fast nichts sehen. Sie muss die anderen warnen! Aber wie? Sie sind schon so weit weg. Vor allem ist dieser Mann zwischen ihnen. »Ich lass meine Freunde nicht im Stich. Die Guten lassen sich niemals im Stich.« Das weiß sie ganz genau.

Sie sieht das Handy des Mannes leuchten. Es wirft Schatten an die Wände des Ganges. Vorsichtig folgt sie dem Licht. Immer wieder hört sie die Selbstgespräche des Mannes. »Erst hol ich den Schatz und dann sperr ich die kleinen Ratten ein!«

Sina denkt an Gott. Sie weiß, er lässt sie nicht im Stich. Irgendwas wird ihr schon einfallen. Das weiß sie ganz genau. Sie weiß nur noch nicht was.

VERSTECKEN IM DUNKELN

Auf Zehenspitzen schleicht Sina dem unheimlichen Mann nach. Sie bleibt weit genug entfernt, damit er sie nicht hören kann, und nah genug dran, dass sie immer sein Licht sieht. Trotzdem hält sie sich immer wieder an der Wand fest, damit sie sich nicht anstößt. Sie hat ja selbst kein Licht. Seit sie an den lieben Gott gedacht hat, ist ihre Angst kleiner geworden und Mut hat sie gepackt. Sie ist die Einzige, die jetzt alle retten kann! Eine ganze Weile schleicht sie so hinter dem unheimlichen Mann her. Da ertastet sie eine Tür. Ist das nicht die Tür, die letztes Mal nicht mehr aufging? Da kommt ihr eine Idee. Sie ruft ganz laut: »Lauft weg, ihr werdet verfolgt! Da ist ein gefährlicher Mann, der will uns alle einsperren! Lauft! Lauft! Lauft!«, und dann kracht sie die Tür mit Schwung zu.

»Du kleiner Bastard, dir gebe ich's!«, hört sie den Mann auf der anderen Seite schimpfen. Sina klopft das Herz. Der Zweifingermann donnert mit seinen Fäusten gegen die verschlossene Tür. Sina steht mit angehaltenem Atem dahinter im Dunkeln.

»Ich schlage die Tür ein, du wirst sehen!«

Es kracht laut. Sina zuckt zusammen. Der Zweifingermann hat sich gegen die Tür geworfen. Aber sie ist sehr stabil und hält stand.

Emma, Linus, Hannes und Ava sind inzwischen bei dem Steinhaufen angekommen. Da hören sie Sinas Stimme: »Lauft weg, ihr werdet verfolgt! Da ist ein gefährlicher Mann, der will uns alle einsperren! Lauft! Lauft! Lauft!«

Emma dreht sich erschrocken um.

»Das ist Sina, wir haben sie verloren!« Ängstlich drückt sich die kleine Ava an Hannes.

Da setzt auch schon das Geschrei des Zweifingermannes ein. Die Kinder lauschen.

Plötzlich geht ein Grinsen über Linus' Gesicht: »Sie hat die Tür zugeworfen! So wie dieser Mensch tobt, ist Sina in Sicherheit.«

Hannes atmet erleichtert aus.

»Wir müssen hier ganz schnell weg!«, bestimmt

Emma. »Da geht es in das Haus von Else und Joachim. Da sind wir sicher.«

Leider hat Joachim den Steinhaufen wieder aufgebaut. Vorsichtig und leise räumen sie die Steine weg. Die ganze Zeit hören sie das Geschrei und Gezeter des Zweifingermannes. Zum Glück beschäftigt er sich mit Sina und der verschlossenen Tür und läuft nicht weiter. Immer wieder schreit er: »Du kleiner Bastard, lass mich raus!«, und donnert gegen die Tür.

Jetzt ist der Durchgang groß genug. Hannes krabbelt als Erster durch. Da wird es auf einmal still. Schnell krabbelt Linus durch den schmalen Tunnel. Emma dreht sich um. Sie sieht, wie ein Licht näher kommt. »Das ist bestimmt dieser Mann«, denkt sie und flüstert: »Ava, schnell, kletter durch!«

Ava ist wie gelähmt. Sie steht vor dem Steinhaufen.

»Ava, bitte, da kommt ein gefährlicher Mann!«

Mit großen Augen starrt Ava auf das Loch zwischen den Steinen.

»Er ist gleich hier!«

Tatsächlich ist das Handylicht des Zweifingermanns zu sehen. Er tastet sich langsam weiter in Richtung Steinhaufen. Schnell macht Emma ihr Licht aus.

»Da ist doch jemand!«, donnert die Stimme des Verbrechers.

Endlich gibt sich auch Ava einen Ruck und klettert rasch durch den kleinen Tunnel in Sicherheit. Emma merkt, dass die Zeit für sie zu knapp ist. Der Mann würde sie sehen und hinterherkommen. Geistesgegenwärtig drückt sie sich in eine Ecke. Sie ist jetzt allein mit dem Zweifingermann in dem Raum.

»Wo seid ihr kleinen Ratten? Gleich habe ich euch!« Der Verbrecher leuchtet den ganzen Raum aus.

»Ha, da sitzt eine!« Tatsächlich hat er Emma entdeckt. »Ich sehe dich ganz genau!« Jetzt tritt er näher heran und hält das Handy nach vorne, um Emma ins Gesicht zu leuchten.

»Das ist meine Chance!«, denkt Emma. Mit aller Kraft schlägt sie ihm das Handy aus der Hand. Es fällt auf den Boden und hört auf zu leuchten. Dunkelheit umgibt die beiden.

»Was tust du? Du kleines Biest! Du meinst wohl, du kannst mir entwischen?«

»Ja«, denkt Emma, »das meine ich!« Wenn sie etwas kann, dann ist es Verstecken im Dunkeln spielen. Blitzschnell tastet sie sich zwei Meter weiter. Der Zweifingermann schlägt wild um sich. Er hofft, Emma so zu treffen. Emma duckt sich und schaut angestrengt in die Dunkelheit. Irgendwo muss der Ausgang sein, durch den Ava gerade verschwunden ist. Ganz sanft sieht sie am Ende des Tunnels ein Licht aus dem Haus von Else und Joachim leuchten. Wenn sie es dahin schafft, ist sie sicher!

Der Zweifingermann schreit immer noch herum. »Ich krieg dich! Du kleines Biest!«

Emma denkt: »Schrei du nur. Ich weiß, was ich mache.« Vorsichtig tastet sie sich an dem Verbrecher vorbei. Er fuchtelt immer noch mit den Armen. Sie spürt den Luftzug an ihrer Wange. Da trifft er sie an der Schulter.

»Jetzt habe ich dich!«, triumphiert er.

Emma springt schnell zur Seite. Immer besser haben sich ihre Augen an die Dunkelheit gewöhnt. Sie sieht das Licht ganz deutlich durch den kleinen Tunnel scheinen.

»Wo bist du kleines Biest, du kannst mir nicht entwischen!«, schreit der Zweifingermann.

»Doch, kann ich«, denkt Emma mutig und läuft schnell zum Tunnel. Sie klettert die Steine hoch. Ein Stein löst sich und landet mit einem lauten Schlag auf den Boden. Emma zuckt erschrocken zusammen.

»Da bist du, ich höre dich!«

Emma krabbelt so schnell sie kann in den Tunnel. Nach ein paar Metern ist sie in Sicherheit. Das Loch ist zu klein, als dass der Mann hinterherklettern könnte. Auf der anderen Seite wartet Linus auf sie.

Aus dem Keller dröhnt immer wieder das Schimpfen des Zweifingermannes. Er weiß nichts von dem Loch zwischen den Steinen und glaubt immer noch, dass Emma irgendwo da unten ist.

»Ich dachte schon, er kriegt dich!«, begrüßt Linus seine Freundin erleichtert.

»Wir müssen die Polizei holen, dieser Kerl ist richtig gefährlich!«

»Hannes ist schon oben und ruft an! Else und Joachim sind auch da. Sie waren nur kurz weg. Komm, wir gehen hoch.«

Sie steigen die Treppe hoch. Oben warten schon Else und Joachim.

Joachim schließt die Kellertür hinter ihnen ab. »Sicher ist sicher!«, sagt er.

»Was ist mit Sina?« Linus' Augen werden ganz groß und sein Körper beginnt vor Aufregung zu zittern. »Sie ist immer noch auf der anderen Seite von der Tür!«, erinnert er sich plötzlich. »Sie hat keine Taschenlampe und kein Handy, sie fürchtet sich doch so im Dunkeln!« Linus ist den Tränen nahe. Auch wenn er manchmal über Sina stöhnt – sie ist seine Schwester. Vor seinem inneren Auge sieht er sie allein im Dunkeln sitzen. »Hat einer eine richtig gute Taschenlampe von euch?«

»Ich habe eine hier!« Joachim geht kurz weg und kommt mit einer superhellen Lampe zurück.

Linus schnappt sie sich und läuft schnell zur Haustür hinaus.

SINA SINGT

Sina sitzt in der Dunkelheit. Alles ist schwarz um sie. Sie wusste gar nicht, dass es so schwarz werden kann. Sie kann gar nichts mehr sehen. Also lauscht sie, was passiert. Der Zweifingermann hat aufgehört, gegen die Tür zu schlagen. Sie hört ihn brüllen. Sie hört, wie er jemanden zu fangen versucht. Sie weiß nicht, dass es Emma ist. Sie weiß nur, es muss einer von den Guten sein. »Hoffentlich geht es gut!«, denkt sie.

Dann wird es seltsam still. Sina lauscht. Hat er einen der Guten erwischt? Oder sind sie alle weg? Da hört sie ein leises Wimmern. Sie kann die Stimme keinem Kind zuordnen. Sina wundert sich. Es kann eigentlich nur der Mann sein. Weint der etwa? Kann so jemand wie der weinen?

Tatsächlich weint der Zweifingermann auf der anderen Seite der Tür. Er hat Angst, so wie jeder Mensch Angst hat. Auch er kann nichts mehr sehen. Und er denkt, dass er aus diesen Gängen nie mehr herauskommt. Bei ihm ist es genauso finster wie bei Sina. Weil sein Handy kaputt ist, musste er sich im Dunkeln zur Tür zurücktasten.

Sina ist noch nicht in Sicherheit und sein Wimmern steckt sie an. Sie spürt, wie die Angst in ihr hochkriecht. Sie will keine Angst haben. »Was kann ich nur tun?«, fragt sie sich. »Ich weiß es. Ich singe.« Erst leise und dann immer lauter fängt sie an zu singen. Sie singt das Lied: »Weißt du, wie viel Sternlein stehen …« Das kennt sie auswendig. Ihre Mama singt es immer, bevor sie einschläft.

»Hör auf damit!«, droht der Zweifingermann wimmernd auf der anderen Seite. Sina hört nicht damit auf. Sie weiß, zwischen ihr und dem Verbrecher ist die schwere Tür. Da kommt er nicht durch. Das Singen macht ihr Mut. Sie singt und singt immer weiter. Alle Lieder vom Kindergottesdienst nacheinander. Dazwischen flucht der Zweifingermann. Damit vertreibt er seine Angst. Jetzt fällt Sina kein neues Lied mehr ein. Sie macht eine Pause. Auch das Fluchen hört auf. Es wird ganz still. Nach einer Weile hört sie ein Klopfen.

»Du Mädchen, kannst du weitersingen?«, ruft

der Zweifingermann. »Wenn du singst, habe ich nicht mehr so viel Angst.«

»Du hast echt Angst?« Sina begreift den Mann nicht.

»Ja, ich komme hier nicht mehr raus und wenn ich hier rauskomme, muss ich bestimmt ins Gefängnis!«

Sina denkt nach und nickt. »Ich soll also wieder singen?«

»Ja, bitte sing!«

Sina fängt wieder an zu singen: »Der Mond ist aufgegangen, die goldnen Sternlein prangen am Himmel hell und klar ...«

Jetzt flucht der Zweifingermann nicht mehr dazwischen. Er bleibt ganz still.

Sina singt und singt. Auf einmal sieht sie ein sehr helles Licht. Es ist ihr Bruder. Er kommt mit Joachims Superlampe.

»Sina! Sina!«, hört sie ihn angstvoll rufen.

»Hier bin ich!«, ruft sie. »Linus, hier! Komm her!« Sie springt erleichtert auf und da ist ihr Bruder auch schon da. Beide umarmen sich ganz still.

»Gott sei Dank geht es dir gut, Sina! Komm, wir gehen raus!«

»Still, ich höre etwas!«

Beide lauschen. Auf der anderen Seite von der Tür hören sie Steine aufeinanderschlagen und Stimmen. Es ist die Polizei. Sie hat das Loch im Steinhaufen größer gemacht und sich Zutritt verschafft.

»Stehen Sie auf!«, befiehlt eine strenge Stimme.

»Ich muss Ihnen Handschellen anlegen!«, ertönt eine zweite Stimme in barschem Ton.

Sie hören, wie der Verbrecher aufsteht. »Ich komm ja schon! Hier sind meine Hände! Ich bin so froh, dass sie mich hier rausholen. Auf der anderen Seite ist noch ein kleines Mädchen, das müssen sie auch retten!«

Sina und Linus hören, wie jemand versucht, die Tür aufzumachen.

»Die Tür geht nicht auf! Was machen wir?«

Da greift Linus beherzt zu und öffnet die Tür. Vor ihm sind der verhaftete Verbrecher und jede Menge Polizisten. Linus und Sina blinzeln in das helle Licht. Sie sind gerettet! Ganz hinten sehen sie Emma mit Ava stehen. Sie winken ihr zu und

Emma winkt zurück. Alle Guten sind in Sicherheit.

»Herr Polizist«, spricht Emma einen der Polizisten an. »Hier unter diesen Steinen ist die Beute!«

»Was für eine Beute?«, fragt der Polizist verblüfft.

»Die Beute von Freddys Banküberfall! Freddy will alles Geld zurückgeben und hat uns deshalb verraten, wo seine Beute liegt!«

Der Zweifingermann gibt einen Ton von sich, der wie ein Quietschen klingt. So nah war er dem Geld schon gewesen!

»Na, da schauen wir gleich einmal nach! Ihr geht jetzt alle nach oben und wir machen das hier.«

Oben ist das Haus voll. Else und Joachim haben die Eltern der Kinder angerufen. Emmas Papa und die Mama von Linus und Sina sind schon da. Sina läuft sofort auf ihre Mama zu und drückt sie ganz fest. Linus steht daneben und möchte seine Mama auch umarmen. Das geht bloß nicht. Der Platz ist von Sina besetzt. Er kann es gut aushalten. Er ist ein Held. Schließlich hat er Sina aus dem dunklen Keller befreit.

Emma rennt zu ihrem Papa: »Papa, Papa!«, sprudelt es aus ihr heraus und ihr Papa nimmt sie fest in den Arm. Sie ist glücklich, alles ist vorbei. Auch Hannes' Papa ist gekommen. Nur Ava steht noch ganz allein.

Joachim ruft gerade bei ihrer Mutter an. Beim ersten Mal hat niemand abgenommen, aber diesmal hat er Glück. »Sind Sie die Mama von Ava?«, fragt Joachim.

»Ja, das bin ich.« Man hört ihre Stimme laut durch den Telefonhörer, so aufgeregt ist sie. »Wo ist sie? Sie ist nach dem Hort einfach nicht nach Hause gekommen!«

»Sie steht hier neben mir und ist gesund und munter. Am besten, Sie kommen her und holen sie ab«, antwortet Joachim und dann nennt er ihr die Adresse.

Wenige Minuten später klingelt es an der Tür.

»Mama! Mama!«, ruft Ava. Sie reißt die Tür auf und wirft sich ihrer Mama in die Arme. »Stell dir vor, ich war bei Papa!« Jetzt ist es raus. Ava drückt ihre Mama und hofft, dass sie nicht böse ist.

Ihre Mama sagt nichts. Sie hält ihre Tochter

ganz fest. Schließlich sagt sie leise: »Du hast deinen Papa besucht?«

»Ja, er arbeitet in der Gefängnisgärtnerei hier gleich um die Ecke.« Jetzt löst Ava sich aus der Umarmung und schaut ihre Mama vorwurfsvoll an: »Warum hast du mir nicht gesagt, dass er im Gefängnis ist?«

»Ich wollte, dass dir nichts Schlimmes passiert. Ich wollte, dass du glücklich bist!«

»Mein Papa tut mir doch nichts!« Da ist Ava sich ganz sicher. »Du kannst ja beim nächsten Mal mitkommen. Dann siehst du ihn auch! Er hat eine Bank überfallen. Er bereut alles. Die Beute liegt hier unten im Keller.«

Avas Mama schaut die vielen Menschen an. Alle hören, dass der Vater ihrer Tochter ein Verbrecher ist. »Darüber reden wir noch, wenn wir allein sind!«, sagt sie.

»Ja, das machen wir!«, sagt Ava selbstbewusst. Sie weiß auch schon, was bei diesem Gespräch herauskommen wird: Ab jetzt besucht sie ihren Papa, so oft es geht. Sie hat ihn lieb. Das allein zählt.

HEIßE SCHOKOLADE, APFELKUCHEN UND SAHNEBONBONS

Eine Woche später treffen sich alle im Pfarrhaus. Emmas Mama hat heiße Schokolade gemacht. Ein frischer Apfelkuchen und die Schüssel mit den Sahnebonbons warten schon auf dem großen runden Tisch. Else, Joachim und die Mutter von Ava stehen um den Tisch herum und unterhalten sich. Die fünf Guten haben sich in Emmas Zimmer verzogen. Ja, es sind fünf Gute. Ava gehört jetzt auch dazu.

Frau Friedrich und Pfarrer Friedrich sind noch in der Küche und bereiten alles vor.

»Kommt, setzt euch alle hin!«, ruft Emmas Mama, sodass man sie im ganzen Haus hören kann. Sie kommt gerade aus der Küche. In der einen Hand hält sie eine duftende Kanne mit heißer Schokolade und in der anderen ein Schälchen mit frischer Schlagsahne. Ihr Mann folgt mit einer zweiten Kanne.

»Hier ist der Kaffee für die Erwachsenen«, erklärt er, als die Kinder ins Esszimmer kommen. »Erwachsene trinken nicht so gerne heiße Schokolade«, erklärt er.

Alle setzen sich um den großen runden Tisch.

»Ich möchte gerne doch etwas von Ihrer heißen Schokolade probieren!«, sagt Avas Mama. Sie hat seit Ewigkeiten keine heiße Schokolade mehr getrunken. »Ava hat mir erzählt, dass sie besonders lecker ist.«

»Moment«, sagt Emmas Mama stolz. »Sie bekommen noch eine Portion frisch geschlagene Sahne obendrauf. Das schmeckt besonders gut!«

Vorsichtig nippt Avas Mama an der Tasse. Die frisch geschlagene Sahne und die heiße Schokolade sind echt lecker.

»Dass ich einmal eine Tasse heißer Schokolade in einem Pfarrhaus trinke, hätte ich nicht gedacht«, lacht sie.

»Dann probieren Sie mal den Apfelkuchen meines Mannes: Der ist berühmt!«

»Wie geht es denn deinem Papa?«, will Frau Friedrich dann von Ava wissen.

»Der ist immer noch im Gefängnis und arbeitet in der Gärtnerei!«, antwortet sie.

»Besuchst du ihn manchmal?«

»Ja, wir haben darüber gesprochen«, antwortet Avas Mama anstelle ihrer Tochter. »Ava hat ja recht. Er bringt sie nicht auf die schiefe Bahn. Ich hatte ja so große Angst um Ava. Es tut mir leid, dass ich ihr nicht die Wahrheit gesagt habe. Ich glaube nicht, dass er so etwas noch mal macht. Sie darf, so oft es geht, zu ihm!«

»Ich helfe ihm bei den Blumen. Wenn ich groß bin, will ich Gärtnerin werden und mit Pflanzen arbeiten. Wie mein Papa!«, träumt Ava und steckt sich ein Sahnebonbon in den Mund. Jetzt kann sie nichts mehr sagen. Sie genießt, wie das Bonbon beim Kauen in ihrem Mund zergeht.

»Das will sie wirklich!«, strahlt ihre Mama. »Sie muss nur in der Schule besser werden!«

Ava verzieht das Gesicht. Auf einmal schmeckt das Sahnebonbon gar nicht mehr so gut.

»Ich finde ganz bestimmt jemanden, der ihr Nachhilfe gibt!«, sagt Pfarrer Friedrich.

Ava kaut verzweifelt auf ihrem Sahnebonbon.

Sie will nicht irgendeine blöde Nachhilfelehrerin haben.

»Das kann ich doch machen!«, schlägt Else vor. »Ich war früher Lehrerin.« Dann schaut sie Ava an: »Du kommst einfach zu mir und ich helfe dir.«

Ava ist glücklich. Else ist bestimmt die beste Nachhilfelehrerin überhaupt! Jetzt schmeckt das Sahnebonbon wieder.

»Wie geht es denn mit Freddy weiter?«, will Joachim wissen.

»Er ist noch ein Jahr im Gefängnis und dann kommt er raus und will sich eine Stelle als Gärtner suchen!«, erklärt Avas Mama.

»Kann er nicht früher raus? Er bereut doch alles und das Geld hat er zurückgegeben!« Joachim wundert sich. »Er könnte dann mit uns zusammen Apfelkuchen und Sahnebonbons essen!«

Ava schluckt ihr Sahnebonbon schnell runter, damit sie sprechen kann. »Mein Papa hat gesagt, er hat ein Verbrechen begangen und dafür muss er ins Gefängnis. Das ist richtig so. Er sitzt seine Strafe ab. Wenn er entlassen wird, ist er genug bestraft worden und ist wirklich frei!«

»Das finde ich richtig gut von deinem Papa!«, sagt Hannes' Vater. »Wer zugibt, dass er ein Verbrechen begangen hat, und bereit ist, seine Strafe abzusitzen, der wird wieder ein richtig guter Mensch!«

»Ich habe meinen Papa ganz doll lieb. Er ist schon jetzt ein guter Mensch.« Ava strahlt.

Nicht alle sind einverstanden, aber niemand möchte ihr widersprechen.

»Ich glaube, da hast du recht!« Emmas Mama nickt. »Dein Papa ist schon heute ein guter Mensch!«

»Ein guter Mensch, der seine Strafe absitzt«, schmunzelt Emmas Papa und denkt dabei an das Gespräch mit Freddy im Gefängnis.

»Genau! Und deswegen packe ich dir nachher ein Stück Apfelkuchen ein. Das bringst du ihm morgen mit!«, sagt Emmas Mama mit einem Lächeln.

»Bekomme ich auch ein paar Sahnebonbons für ihn?«

»Na klar, eine ganze Tüte selbst gemachter Sahnebonbons!«

REZEPT FÜR DIE SAHNEBONBONS

Selbst gemachte Sahnebonbons sind das Beste, was man sich vorstellen kann. Bonbons sind schon so lecker, aber selbst gemacht ist einfach doppelt gut. Überleg dir, wer dir helfen kann: Mama oder Papa? Oma oder Opa? Ein guter Tipp: Vielleicht hilft dir dein Patenonkel oder deine Patentante. Du meldest dich bei ihnen an und sagst: Ich will dich besuchen und mit dir zusammen Sahnebonbons machen. Dann müsst ihr nur noch klären, wer die Zutaten besorgt:

200 Gramm Zucker
200 Gramm Sahne
2 Päckchen Vanillezucker
etwas Honig zum Verfeinern
Backpapier oder Öl zum Einfetten

Dazu brauchst du eine beschichtete Pfanne und ein Backblech.

Wenn ihr alles habt, machst du es wie Pfarrer Friedrich:

Du nimmst den Zucker und rieselst ihn in die Pfanne.

Du gießt die Sahne dazu.

Du gibst den Vanillezucker und ein bisschen Honig dazu (einen großen Löffel).

Und jetzt rührst du alles zu einer großen Soße zusammen.

Wenn du damit fertig bist, stell die Pfanne auf die Herdplatte und mach sie heiß, sodass alles brodelt. Damit nichts anbrennt, rührst du die Masse weiter, bis sie karamellisiert. Sie ist dann hellbraun und dickflüssig. Das kann etwas dauern (ungefähr 35 Minuten köcheln lassen). Dabei hast du Zeit, dich mit den anderen zu unterhalten – aber vergiss darüber das Rühren nicht! Je länger du rührst und die Soße köchelt, desto fester werden die Sahnebonbons. Wenn du sie schön fest machst, kannst du lange kauen.

Wenn du fertig bist, gieß die Masse auf ein mit

Öl eingefettetes oder mit Backpapier belegtes Blech. Mit einem Pizzaroller oder Messer kannst du die Bonbons zuschneiden.

Warte noch eine Weile, dann kannst du eure leckeren selbst gemachten Sahnebonbons genießen!

REZEPT FÜR DEN APFELKUCHEN

Der Apfelkuchen von Pfarrer Friedrich ist richtig lecker! Am besten schmeckt er, wenn man ihn mit Schlagsahne isst. Kaufen kann man ihn nicht. Diesen Apfelkuchen kann man nur selbst backen. Dafür geht es ganz einfach!

Vielleicht hilft dir deine Mama oder dein Papa. Überlege, wer besser backen kann.

Besorgt folgende Zutaten:

250 Gramm Grieß
250 Gramm Zucker
5 Eier
½ Päckchen Backpulver
1 Päckchen Vanillezucker
1 tiefer Teller voll Äpfel, geschält und in je 8 Stücke geschnitten

Zuerst nimmst du dir eine Backform und fettest sie mit einem Pinsel und Margarine ein. Dann machst du den Backofen auf 160 Grad an – das nennt man »vorheizen«. Jetzt erst machst du den Teig: Schütte alle Zutaten bis auf die Äpfel (also Grieß, Zucker, Eier, Backpulver und Vanillezucker) in die Backschüssel und rühre alles kräftig durch (höchste Stufe). Wenn die Masse cremig ist, fülle sie in die eingefettete Backform. Zum Schluss lege die Apfelschnitze drauf und drücke sie ein bisschen in den Teig. Dann schiebst du den Kuchen in den vorgeheizten Ofen.

Je nach Ofen braucht der Kuchen 40-50 Minuten.

Lade ein paar Freunde ein und dann viel Spaß beim Apfelkuchen essen!